사상의 꽃들 17

반경환 명시감상 21

사상의 꽃들 17

반경환 명시감상 21

지혜

저자서문

시인은 꽃을 가져오는 사람이고, 철학자는 사상(정수精髓)을 가져오는 사람이다. 쇼펜하우어는 시와 철학의 상관관계를 매우 정확하게 알고 있었던 세계적인 사상가였다.

시인의 세계는 상상력의 세계이며, 그가 펼쳐 보이는 세계는 아름답고, 신비로우며, 환상적이다. 여기가 아닌 다른 곳, 그 다른 세계로 우리 인간들을 인도하며, 그의 시세계는 활짝 핀 꽃과도 같은 아름다움을 가져다가 준다.

어떤 시인은 살아 있어도 이미 죽은 것이지만, 어떤 시인은 이미 죽었어도 영원히 살아 있는 것이다.

사상은 시의 씨앗이고, 시는 사상의 꽃이다.

이 사상과 시가 있기 때문에 우리 인간들의 삶은 아름답고 행복한 것이다.

반경환은 무엇을 하는 사람인가? 그는 한국사회의 영원한 이단자이자 파렴치한에 불과하지만, 그러나 하늘을 감동시키기 위하여 '명시감상'을 온몸으로 쓰는 철학예술가이다. 철학을 예술의 차원으로 승화시키고, 예술을 철학의 차원으로 승화시킨다는 것은 그의 낙천주의 사상의 목표이며, 반경환은 이 무거운 짐을 짊어짐으로써 우리 한국인들을 고급문화인으로 인도하고자 했었던 것이다. 천년, 만년, 영원히 식지 않는 그의 열정은 하늘을 감동시키고, 언젠가, 어느 때는 그의 '명시감상'은 수많은 시들보다도 더욱더 아름다운 사상으로 밤하늘의 별들처럼 빛나게 될 것이다. 철학예술가라는 낙천주의 사상가, 그는 지혜를 사랑하는 사람으로서 '나는 신성모독을 범한다, 고로 존재한다'와 '세계는 나의 범죄의 표상이다, 고로 행복하다'라는 두개의 명제를 그의 실천철학의 과제로 삼아왔던 것이다. 우리 한국인들이 해마다 노벨상을 타고 전 인류의 스승들을 배출해낼 수 있는 그날을 위하여 자기 스스로 영원한 이단자와 파렴치한이 되어야 하는 신성모독자의 삶을 마다하지 않았던 것이다. 반경환은 자랑스러운 단군의 후예이고, 낙천주의 사상가인 최고급의 홍익인간이다.

『사상의 꽃들』1, 2, 3, 4, 5, 6, 7, 8, 9, 10, 11, 12, 13, 14, 15, 16권에 이어서『사상의 꽃들』17권을 탄생

시켜준 천양희, 반칠환, 최승호, 이병률, 조용미, 우종숙, 이용우, 하록, 신대철, 정구민, 홍성란, 남길순, 박분필, 최병근, 차회분, 오은, 이원형, 김선옥, 강현숙, 박정란, 김충경, 이병국, 려원, 송영숙, 이희석, 이서빈, 최윤경, 손선희, 임덕기, 한이나, 이희은, 고윤옥, 고두현, 공광규, 글보라, 글나라, 글로벌, 우재호, 김은정, 김혁분, 이병연, 이미순, 유계자, 글가람, 조숙진, 정복선, 백승자, 김명이, 김재언, 엄재국, 정영선, 홍정미, 황순각, 이경, 김용칠, 장옥관, 배옥주, 임은경, 이승애, 김영석, 이종분, 황상순, 이순화, 현상연, 안정옥, 권선옥, 강수정, 한성환 등 68명의 시인들과 그동안 『반경환 명시감상』을 너무나도 뜨거운 마음으로 사랑해준 독자 여러분들에게 진심으로 감사를 드린다.

좀 더 정확하게 말한다면, 독자 여러분들은 이 책의 저자였고, 나는 독자 여러분들의 시심詩心을 받아 적은 필자에 불과했다.

나는 이 『사상의 꽃들』 17권을 쓰면서, 너무나도 행복했고, 또, 행복했었다.

2025년 여름, '애지愛知의 숲'을 거닐면서⋯⋯.

2부

3부

4부

1부

천양희 반칠환 최승호 이병률 조용미
우종숙 이용우 하 록 신대철 성구민
홍성란 남길순 박분필 최병근 차회분
　　　　　　　　　오 은 이원형

천양희

아름다운 진보

산골로 피서 갔던 한 도시 소녀가
밤하늘에 가득 찬
별을 보고 울었다

스스로 빛나는 별자리가
거기에 있었다

언제나 있었지만 보지 못했던
밤하늘이 울부짖었다

별빛 안에는 수많은 빛이 있어
아름다움은 빛과 같은 것일까

소녀는 저를 뒤집는 힘으로
별자리 하나를 가졌다

나는 나의 아들이 아주 어렸을 때부터 이 세계에서 가장 위대한 인물이 누구인가를 가르쳤고, 그 고귀하고 위대한 인물들의 책만을 읽게 했다. 우리 자랑스러운 한국인인 손정의는 '소프트 뱅크의 3백년의 제국'을 꿈꾸면서 자기 자신을 '진시황제', '징기스칸', '나폴레옹 황제'와 동일시하며, 대일본제국의 최고의 부자가 된 것은 물론, 오늘날의 세계적인 인물이 되었다고 할 수가 있다. 명예와 생명은 하나이며, 자기 자신의 목숨을 걸고 전 인류의 스승들과 싸우며, 그 전 인류의 스승들을 뛰어넘는 것이 이 세상에서 가장 고귀하고 위대한 사람이라고 할 수가 있다.

　　인류의 역사상 가장 위대한 대 제국을 건설했던 알렉산더 대왕과 징기스칸, 그토록 아름답고 험준한 알프스를 뛰어넘으며 유럽연방을 구상했던 나폴레옹 황제, 영원한 이상국가를 꿈꾸었던 소크라테스와 플라톤, 자기 자신의 법률과 법정을 갖고 있었던 몽테뉴와 데카르트, 계몽주의의

완성자이자 비판철학의 창시자인 칸트, 아는 것이 힘이다
라는 프란시스 베이컨과 토마스 홉즈, 에밀교육론과 사회
계약론의 저자인 장 자크 루소, 모든 역사는 계급투쟁의
역사라는 마르크스, 디오니소스 철학과 비판철학의 완성
자인 니체 등—.

　머나먼 이역만리 서양으로 유학을 갔던 한 소년은 대학
의 도서관과 밤하늘에 가득 찬 별들을 보고 울고, 또, 울었
다. 알렉산더 대왕의 별, 나폴레옹 황제의 별, 소크라테스
의 별, 플라톤의 별, 몽테뉴의 별, 데카르트의 별, 칸트의
별, 프란시스 베이컨의 별, 장 자크 루소의 별, 마르크스의
별, 니체의 별, 아인시타인의 별, 뉴턴의 별, 막스 플랑크의
별들을 생각하고, "언제나 있었지만 보지 못했던/ 밤하늘"
의 별들을 바라보며, 울부짖고, 또, 울부짖었다.

　아침에 눈을 떴을 때도 별, 밥을 먹을 때도 별, 대학도서
관에서도 별, 저녁을 먹을 때도 별, 잠자리에 들 때도 별—.
"별빛 안에는 수많은 빛이 있어" 스스로 책을 읽고 글을 쓰
며, 붉디 붉은 피로 사상과 이론을 정립하고, 만인들의 존
경과 찬양 속에 밤하늘의 별이 되었다.

　사상은 새로운 세계의 개진이며, 행복에의 약속이다. 사

상은 그 어떤 것보다도 고귀한 명예이며, 삶의 완성이며, 보다 완전한 인간의 표시이다(반경환).

사상과 이론을 정립하지 못하면 그 학자의 생명은 이미 끝났고, 그는 흔적조차도 없이 사라져 버린다.

오늘은 578주년 한글날, 우리 한국인들의 가장 '아름다운 진보'는 우리가 한국어로 말하고, 한국어로 숨 쉬며, 한국어로 사상과 이론을 정립할 수 있는 것이라고 할 수가 있다.

우리 대한민국이 아름다운 것은 사시사철 한국어의 꽃이 피고, 한국어의 열매가 열리고 있기 때문인 것이다.

반칠환

기적 1

여름 장마가 휩쓸고 갔어도

계곡에 버들치 한 마리 떠내려 보내지 못했구나

이 세상에서 가장 즐겁고 행복한 삶은 너무나도 분명하고 확실한 목표가 있는 생활이다. 일본은 동양인이라는 한계를 극복하고 세계 야구를 정복했고, 이제는 월드컵 축구 우승을 위해 전 국민이 하나가 되었다.

일본 야구와 일본 축구 이외에도 해마다 노벨상을 수상함으로써 전 인류의 찬사를 받았고, 오늘날의 일본은 세계 최고의 일등국가라고 할 수가 있다.

언제, 어느 때나 근면 성실하고, 하늘이 무너져 내려도 동료 시민과 조국에 대한 사랑이 대일본제국의 기적을 창출해낸 것이다. 일등국가와 일등국민에 대한 목표가 키가 작고 보잘것없는 일본인들을 한없이 고귀하고 위대하게 만들어낸 것이다.

"여름 장마가 휩쓸고 갔어도/ 계곡에 버들치 한 마리 떠내려 보내지 못했"듯이, 고귀하고 위대한 인간의 목표는 어떤 천재지변도 떠내려 보내지 못한다.

아아, 대한민국이여!

아아, 대한민국이여!

최승호

방부제가 썩는 나라

모든 게 다 썩어도

뻔뻔한 얼굴은 썩지 않는다

📖

모든 인간들이 다 죽고, 모든 생명체들이 다 썩어도 요양원과 요양병원을 움직이는 자본가들의 탐욕은 썩지 않는다. 사는 의미와 살 권리를 다 상실한 산 송장들을 연명치료하는 것은 나치와 스탈린 체제에서의 고문보다도 더 나쁘다. 고문이란 피해자의 원한 맺힌 복수감정에서 비롯된 것인데, 왜냐하면 그 가해자들을 너무 빨리 죽이는 것으로는 분이 풀리지 않았기 때문이다. 전기 고문과 물 고문, 십자가에 못 박아 죽이거나 산채로 불에 태워 죽이는 고문, 펄펄 끓는 가마솥에 삶아버리거나 시뻘건 인두로 지지는 고문 등이 있었지만, 그러나 이러한 고문들은 오늘날의 요양원과 요양병원에서 자행하는 고문에 비하면 새발에 피에 지나지 않는다. 물 고문, 약물복용 고문, 영양제와 영양주사 고문, 산소호흡기 착용과 물리치료 고문, 방사선치료와 CT촬영 고문, 너무나도 가혹한 병원비와 간병비용고문, 똥오줌을 싸고 헛소리 하게 하는 고문과 주변의 친

인척들에게 인간혐오증을 접목시키는 고문 등은 그 어떤 형벌의 고문보다도 더욱더 가혹한 자본주의적 고문이라고 할 수가 있다. 요컨대 사는 의미와 살 권리를 다 상실한 산송장들에게는 연명치료가 아닌 존엄사를 처방하는 것이 최선의 치유책이며, 이 지구촌의 생태계를 살리는 지름길이기 때문이다. 하루바삐 생명의 존엄함과 고귀함 따위의 헛소리와 함께, 모든 개인의 재산과 국가의 복지비용을 다 가로채 가고자 하는 탐욕을 버리고 진정으로 참회와 반성의 눈물을 흘려보란 말이다. 최승호 시인의 말대로, 방부제는 썩어도 당신들의 너무나도 뻔뻔스러운 얼굴들은 썩지도 않을 것이다.

오늘날 요양원과 요양병원의 입구에는 "단 한 푼의 돈도 자손이나 국가에게 물려주지 말고, 오직 '의산복합체의 이익'을 위해 다 쓰고 죽는 것이 천국으로 가는 지름길이다"라고 써 있는 것이다.

스위스는 자연보호와 환경보호, 즉, 이 지구촌을 살리기 위하여 '적극적인 안락사'를 실천하는 일등국가라고 할 수가 있다. 본인이 원한다면 그의 요청에 의하여 어떤 기구나 약물 등을 사용해 스스로 이 세상을 떠나갈 수 있는 '조력 자살'을 허용한다고 한다.

'더 라스트 리조트'는 안락사 관련 비영리 단체이며, 안락사 신청자가 '사르코 캡슐'에 들어가 이 세상을 떠나가게 했다고 한다. 안락사 캡슐 '사르코'에 들어가 단추를 누르면 질소가 뿜어져 나와 산소 부족으로 죽는다고 한다. 그 시간은 5분 이내이고, 사용료는 20달러이며, 면역계 질환을 앓는 미국 여성(64세)이 그 첫 번째 사용자였다고 한다. '사르코'는 호주 출신 의사 필립 니슈케 박사의 발명품이며, 그 첫 사용자의 죽음에 이르는 과정은 아주 "빠르고, 평화롭고, 품위가 있었다"고 한다.

비록, '사르코'의 경우 스위스 정부의 정식 허가를 받지 못한 제품이지만, 비영리법인 단체인 '더 라스트 리조트'에 무한한 존경과 경의를 표하지 않을 수가 없다.

탄생이 축복이듯이, 죽음 역시도 무한한 축복이지 않으면 안 된다. "모든 게 다 썩어도/ 뻔뻔한 얼굴은 썩지"도 않는 것이 우리 자본주의의 현실이기도 한 것이다.

나의 주권은 나에게 있고, 누구든지 나의 '존엄사 선택'을 도와줄 의무가 있다.

이병률

소년에게

아버지와 목욕하러 온 아이
아버지가 머리를 감으며 거품을 헹구는데
샴푸를 아버지 머리에다 자꾸 짜대는 아들

다 헹구었을 만하면
또 짜고
다 헹구었을 만하면
또 짜고

아이 아주 어렸을 때 아버지는 아이의 머리카락 많이 자
라라고
머리를 빡빡 밀어준 적 있을 것이다
아이가 크면서 아이 머리를 감겨준 적도 몇 번 있을 것
이며
무언가를 기다리는 사람처럼 코 밑을 궁금해 하고

배꼽 한참 아래를 슬쩍슬쩍 내려다본 적도 있을 것이다

한쪽은 웃음을 참느라 한쪽은 씻어내느라
두 엉덩이 계속 실룩거린다
두 사람 사이를 가려주는 듯 수증기가
수줍게 메아리를 만드는 것 같다

북해도의 원주민 아이누 부족은
사내아이의 앞 머리카락에 구슬을 장식해 주고
아이가 첫 사냥에 성공하면 머리카락 끝을 잘라
구슬을 분리해주는 의식이 있다는데

아이야
이제는 너도 세상의 급소를 알았으니
머리카락 끝을 조금 잘라
목욕물에 흘려보내주어야겠다

예전에는 아주 흔했지만, 이제는 아버지와 아들이 목욕하러 온 풍경을 거의 볼 수가 없게 되었다. '저출산—고령화탓'으로 아이의 출생률이 줄어든 탓도 있지만, 이제는 대부분의 가정이 현대식 목욕탕 시설을 갖추고 있기 때문이라고도 할 수가 있다.

아버지와 아들이 친구가 되면 '아들 바보'가 되고, 아버지와 딸이 친구가 되면 '딸 바보'라고 하지만, 그러나 이러한 '아들 바보'와 '딸 바보'의 아버지는 그 얼마나 거룩하고 자랑스러운 우리 인간들의 초상이란 말인가? '아들 바보'와 '딸 바보'는 '부자유친의 미덕'이면서도 우리 인간들의 사회가 전통과 역사를 존중하며 그만큼 넉넉한 풍습의 미덕이 살아 있다는 증거가 될 수도 있는 것이다. 가정은 우리 인간들의 근본 토대이며, 그래서 '가화만사성'이라는 교훈이 생겨나게 된 것이다.

이병률 시인의 「소년에게」는 '부자유친의 드라마'의 한

장면이면서도 그 구성의 원리상 '해피 앤딩'으로 끝나는 희극(성년의식)이라고 할 수가 있다. "아버지와 목욕하러 온 아이"는 "아버지가 머리를 감으며 거품을 헹구는데" 오히려, 거꾸로 "샴푸를 아버지의 머리에다 자꾸 짜"댄다. "다 헹구었을 만하면/ 또 짜고/ 다 헹구었을 만하면/ 또" 짠다. "한쪽은 웃음을 참느라 한쪽은 씻어내느라/ 두 엉덩이를 계속 실룩거리"고, "두 사람 사이를 가려주는 듯 수증기가/ 수줍게 메아리를 만"든다.

하지만, 그러나 "북해도의 원주민 아이누 부족은/ 사내 아이의 앞 머리카락에 구슬을 장식해 주고/ 아이가 첫 사냥에 성공하면 머리카락 끝을 잘라/ 구슬을 분리해주는 의식이 있다"고 한다. 아이누 부족의 구슬 분리의식이 성년의식이듯이, 이제는 그 소년도 "세상의 급소를 알았으니/ 머리카락 끝을 조금 잘라/ 목욕물에 흘려보내"야 한다는 것이다. 요컨대 아버지는 아들의 보호자이자 울타리가 되고, 이 아버지의 울타리 안에서는 '아들 바보'가 될 수도 있지만, 그러나 이제 소년은 하루바삐 무럭무럭 자라나 아버지의 품과 울타리를 뛰쳐나가 자기 자신만의 가정과 그 세계를 구축하지 않으면 안 된다는 것이다.

'아들 바보'는 아버지가 아들을 사랑하는 종교의식과도

같으며, 이 어린 아들이 자라서 전 인류의 스승이 되기를 기원하는 아버지의 기대와 희망과 염원이 가득 담겨 있다고 할 수가 있다. 아들 역시도 아무것도 모르고 철 모르는 시절 아버지와 살을 부비고 장난을 치며, 모든 점에서 아버지의 성격과 인품과 종교와 사상을 배워나가게 된다. 전지전능한 신들이란 이처럼 아버지가 성화된 것이며, 이 '아버지─신'에 대한 찬양은 자기 자신이 속한 집단과 그 아버지 종교에 대한 예배에 지나지 않는다.

첫 사냥의 성공과 소년이 어른이 되는 성년의식, 그리고 대학졸업과 취업은 최고급의 격세유전이자 아들과 아버지 사이의 대반전의 신호탄이 되고 있는 것이다. 요컨대 아버지의 시대는 저물고, 아들이 '아버지의 아버지의 자리'에 올라서게 되는 것이다. 이병률 시인의 「소년에게」는 어린 아들이 어른이 되어야 한다는 것을 뜻하며, 수없이 자기 자신의 허물을 벗어던지고 새로운 시대의 새로운 인물이 되어야 한다는 것을 뜻한다.

조용미
먹으로 휘갈긴 문장

반곡역 가는 길에 지났던 황새쟁이 사거리, 황새와 사람
을 말하는 쟁이가 만나 황새쟁이가 되었나

황새처럼 큰 사람 황새처럼 다리가 긴 사람을 말하는 건
아닐 텐데

크게 소리 내어 울지 않는다는 황새가 옛날부터 좋았다
목과 다리를 쭉 뻗고 일자로 나는 그 자세가 나는 더욱 좋
았다

검은색 날개깃은 먹으로 휘갈긴 문장 같아

겨울에 찾아오는 귀하고 보기 드문 조용한 황새가, 멸종
위기종이 된 황새가 나는 좋았다

이른 봄 밭둑에서 만나는 황새냉이도 솜털 같은 북극황새풀도 좋았다

올겨울은 황새를 보러 어디로 가야 하나 황새 날개를 보면 또 먹을 듬뿍 먹은 붓을 들고 무언가 그리고 싶겠지

희고, 검고, 붉은 황새는 아주 크고 아주 고요해서 가까이 갈 수 없겠지

📖

　'쟁이'란 사람의 성질이나 특성을 나타내는 말이고, 어떤 직업에 종사하는 사람을 말한다. '멋쟁이', '환쟁이', '욕쟁이', '관상쟁이' 등이 그것이지만, 조용미 시인의 「먹으로 휘갈긴 문장」의 '황새쟁이'는 '묵향의 선비'를 말한다.

　'묵향의 선비'란 "황새처럼 큰 사람 황새처럼 다리가 긴 사람을 말하는" 것이 아니고, "검은색 날개깃은 먹으로 휘갈긴 문장 같아"라는 시구에서처럼, 시와 삶이 하나가 된 사람을 말한다. 황새는 크게 울지 않으며, 목과 다리를 쭉 뻗고 일자로 나는 그 모습을 여느 잡새들은 꿈도 꾸지 못한다.

　뱁새가 황새를 따라가다가는 가랑이가 찢어진다는 말도 있지만, 조용미 시인은 '선비 중의 선비'와 '새 중의 새인 황새'를 일체화시키고, 그의 삶 자체를 「먹으로 휘갈긴 문장」으로 만들어 버린다. '인간 중의 인간'인 전 인류의 스승은 어떻게 탄생하는가? 천부적인 재능과 그 성품이 첫 번째

조건일 수도 있지만, 그러나 끊임없이 전 인류의 스승들의 책을 읽으며 공부를 하지 않으면 안 된다.

황새는 황새목 황새과에 속하는 겨울 철새이며, 시베리아, 연해주 남부, 중국 북동부, 한국 등지에서 분포한다. 황새는 그 옛날에 우리나라 전국에 서식하던 텃새였지만, 이제는 겨울에만 찾아오는 희귀종이라고 할 수가 있다. 몸길이는 102cm 정도이고, 날개는 검은색을 띠며 머리와 온몸이 흰색이다. 부리와 날갯짓은 검은색이고, 다리는 붉은색이며, 우리나라에서는 천연기념물 제199호로 지정하여 보호하고 있다.

조용미 시인은 이른 봄 밭둑에서 만나는 황새냉이에서도 황새의 숨결을 느끼고, 솜털 같은 북극황새풀에서도 황새의 숨결을 느낀다. "겨울에 찾아오는 귀하고 보기 드문 조용한 황새가" 좋았고, "멸종위기종이 된 황새가" 좋았다. 황새와 나는 둘이 아닌 하나이며, 우리는 모두가 다같이 「먹으로 휘갈긴 문장」 같은 삶을 살아간다.

시는 사상의 꽃이고, 사상은 시의 씨앗이다. 우리가 시를 쓰며 사상의 꽃을 피우는 것은 자기 자신은 물론, 우리 모두가 다같이 성장하고, 그 결과, 이 세상이 지상낙원이 될 수가 있기 때문이다. 시는 사회적 약속이고 실천이며, 우리 인간들의 낙천주의를 양식화시킨 것이다.

고귀하고 우아한 삶, 아름답고 멋진 삶, 먹으로 휘갈긴 문장과도 같은 삶—, 시를 쓴다는 것은 이 세상의 삶을 찬양하고 미화하기 위한 것이다. 상호간의 끊임없는 비방과 모함 속에서는 시가 숨쉴 수가 없고, 이 세상의 삶을 찬양하고 미화하지 않는다면 그 어떤 시도 아무런 소용이 없다.

아아, "올겨울은 황새를 보러 어디로 가야 하나 황새 날개를 보면 또 먹을 듬뿍 먹은 붓을 들고 무언가 그리고 싶겠지// 희고, 검고, 붉은 황새는 아주 크고 아주 고요해서 가까이 갈 수 없겠지"

우종숙
포정의 칼

말을 시퍼렇게 갈고 있다

단칼에 베어 아픔을 느끼지 못하도록 떨어진 제 목을 보
고 환하게 웃을 수 있도록 내 말이 바람처럼 날렵해 표정이
베이지 않도록 포정의 칼처럼 평생을 쓸 말을 갈고 있다

모래에 스미는 물처럼 파랗게 벼리고 있다

푸른 하늘에 나는 새털처럼 부드러운 율동, 빛과 같은
속도로 꽂히는 한 마디 화살처럼 천리마가 날고 있다

그러나 뒷모습만 보이는 말은 자욱이 먼지만 남기고 사
라져 버린다 고삐를 단단히 잡지 않으면 굴러 떨어지거나
제멋대로 날뛰기 일쑤인 말인 것을,

말이 나를 베어버린다

포정庖丁이란 그 옛날의 소, 돼지, 개 따위를 잡던 사람을 말하고, 소위 최하천민인 백정을 말한다. 우종숙 시인의 「포정의 칼」은 '포정의 신화'를 차용하여 '말의 사제'로서 이 말을 갈고 닦는 제일급 시인의 솜씨를 보여준다. 우종숙 시인은 날이면 날마다 "말을 시퍼렇게 갈고" 있는데, 왜냐하면 그의 말에 목이 떨어져도 그 아픔을 느끼지 못하도록 하는 것이 그의 목표이기 때문이다. 말과 생명은 하나이고, 말을 잃으면 '인간은 인간'이라고 할 수가 없다. 말은 시간과 공간을 초월하여 수많은 사람들을 살릴 수도 있고, 이에 반하여, 수많은 사람들을 죽일 수도 있다. '우리는 모두가 한 형제이며 한 민족이다'라는 말은 전자의 예에 해당되고, '그들과 우리는 종교적, 문화적 차이로 인해 한 솥밥을 먹을 수가 없다'라는 말은 후자의 예에 해당한다. 말은 포정의 칼처럼 천하제일의 명검이지 않으면 안 되고, 시인은 포정처럼 천하제일의 말의 사제이지 않으면 안 된다.

내 말에 목이 단번에 떨어져도 그 아픔을 느끼지 못하도록 하는 것, 제 목이 떨어져 나간 것을 보고도 환하게 웃을 수 있게 만드는 것―, 이 불가능한 꿈을 위하여 그는 그의 말을 "모래에 스미는 물처럼 파랗게 벼리고" 있는 것이다. 말은 칼이 되고, 칼은 날렵하고 빠른 모습으로 천리마가 되어 하늘을 날아다닌다. 푸른 하늘을 나는 새털처럼 부드러운 율동으로 춤을 추고, 빛과 같은 속도로 꽂히는 한 마디의 화살처럼 천리마가 되어 날아다닌다. 말은 언제, 어느 때나 그 얼굴을 보여주지 않고 뒷모습만을 보여주고, 먼지만을 자욱이 남기고 사라진다. 말은 천리마이고, 빛보다 더 빠른 속도를 지닌 말의 고삐를 단단히 잡지 않으면 굴러 떨어지거나 제멋대로 날뛰기 일쑤인 말에 내가 베어진다. 칼로 일어난 자는 칼로 망하듯이, 말로 일어난 자는 말로 망할 수가 있다.

장자의 말에 따르면, 포정은 고대 양혜왕의 주방장이며, 그 칼질하는 솜씨가 마치 상림桑林의 춤과도 같고, 경수經首의 음악과도 같았다고 한다. 능숙한 칼잡이도 1년에 한번씩은 칼을 갈고, 어중간한 칼잡이도 한 달에 한번씩은 칼을 갈지만, 그러나 포정의 칼은 19년 동안 수천 마리의 소를 해체했지만, 아직도 금방 숫돌에 갈아온 듯 날카로웠다는 것이다. 포정은 그의 칼로 살과 힘줄과 뼈를 베는 것이 아니라, 살과 살, 혹은 살과 뼈 사이의 틈을 비집고 가른다고 한다. 포정의 칼솜씨는 단순한 칼솜씨의 수준을 떠나 '내 마음의 경로'만을 따르는 '도의 경지'에 올라섰다고 할 수가 있다.

모든 일의 목표도 도이고, 모든 시인의 목표도 도이다. 말로 타인의 목을 베어버려도 그 목베임을 전혀 모르고 그 떨어진 목을 보고 웃게 만든다는 것—, 이것의 도의 길이고 참다운 삶의 길이 아니고 무엇이겠는가? 포정의 칼도 살림의 칼이고, 우종숙 시인의 말도 살림의 말이다. 이때의 말과 칼은 흉기가 아닌 철학적 의사의 칼이 되는 것이다.

포정도, 시인도 가축이나 사람을 죽이지 않고, 그 모든 생명체들을 되살려 놓는다.

이용우
권세

까불지 마라

기세등등 푸른 칡도
된서리 한방에
훅, 간다

📖

칡과 등나무는 덩굴식물이며, 그 생명력이 아주 질기고 다른 나무들을 감고 올라가 그 나무들을 죽여 버린다. 칡과 등나무가 만나면 칡은 오른쪽으로 감아 올라가고, 등나무는 왼쪽으로 감아 올라가 서로가 서로의 피를 말려 죽여 버린다. 갈등이란 칡과 등나무의 관계를 말하며, 개인과 개인, 집단과 집단, 국가와 국가간의 그 뜻과 이해관계가 달라 서로가 서로를 적대시하는 관계를 말한다. "이런들 어떠하리/ 저런들 어떠하리"라는 아주 유명한 옛노래가 있듯이, 칡은 유아론적이고 자기 자신의 생존만을 최우선시 하는 대표적인 식물이라고 할 수가 있다.

권력의 속성은 푸른 칡과도 같고, 타인에 대한 이해와 존경 따위는 안중에도 없다. 나에게 좋은 것은 좋은 것이고, 너에게 좋은 것은 나쁜 것이다. 나는 착하고 선량하고, 너는 사악하고 나쁘다. 권력자의 말에도 독이 묻어 있고, 그의 행동에도 독이 묻어 있다. 그의 도덕에도 독이 묻어 있고, 그의 웃음에도 독이 묻어 있다. 그의 권력은 덩굴손(독)이고, 자기 자신에게 좋은 것은 그 무엇이나 다 빨아들여 고사시키고, 끝끝내는 자기 자신과 그 이웃과 모든 인간 관계들을 다 끝내버린다.

가난하고 힘 없을 때는 자유와 평등과 사랑을 부르짖다가도 권력의 자리에 올라서기만 하면 대부분이 악마의 탈을 쓰게 된다. 타인의 의견이나 충고 따위는 아예 듣지도 않고, 무조건 아첨을 하고 충성을 맹세하는 자들만을 좋아한다. 가난한 자들은 모조리 다 사악하고 게으르고, 가난한 자들의 어렵고 힘든 처지나 비명횡사의 소리는 듣지도 못한다.

하지만, 그러나 이 세상은 참으로 무섭고 공평하다. 음지가 있으면 양지가 있듯이, 채권과 채무의 관계는 제로가 된다. 그의 그토록 잔인하고 무서운 권력은 채무이며, 그가 그처럼 악독을 떨고 타인들을 괴롭힌 만큼, "된서리 한 방에/ 훅" 가게 되어 있다. 요컨대 우리 인간들의 주인은 자연(채권자)이고, 우리 인간들은 기껏해야 자연의 노예(채무자)에 지나지 않았던 것이다.

우리 인간들의 욕망은 편집병적인 축과 분열병적인 축이 있다. 편집병의 축은 그 욕망의 대상들에 집착하는 유아론적인 병이고, 분열병의 축은 자기 자신의 존재의 목적과 그 주체성을 자각하지 못하고, 끊임없이 미쳐가는 것을 말한다. 모든 권력자는 편집병의 환자인 동시에 그 유아론적인 사고방식에 의한 정신분열증의 환자라고 할 수가 있다.

권불십년權不十年一. 모든 권력자는 외부의 적이 아닌, 자기 자신의 적 때문에 그 권력의 무게를 견디지 못한다. 병이란 이성과 육체가 썩어가는 것을 말하고, 그 반생물학적인 질병에 의하여 단 한순간에 훅, 하고 비명횡사를 하게 된다.

하록

눈부시게 맑은 밤 우리 거기에

인적이 드문 풀밭에 앉아
흐르는 별을 머금은 빛나는 물결을 보며
총총 수 놓듯 네가 절망을 말했을 때
위로도 동의도 하지 못하고
움켜쥐었던 것은 숨
한 줌 숨

침묵은 더 이상 다정하지 않고
포옹도 더 이상 평화롭지 않아
막다른 곳에 다다른 우리는
막다른 곳을 뚫고 넘어왔다고
어떻게 설명할 수 있을까

한 길은 벼랑이고 한 길은 절벽일 때
나 벼랑의 바닥이 궁금해

우리 떨어지면 어딘가 닿기나 할지
나 절벽의 속살이 궁금해
우리 부딪히면 어딘가 금이나 갈지

떠도는 별을 잡아 수호성을 삼고
우리를 지키는 신이한 존재라도 빌어
그래도 너 서 있노라
서 있으라 우리

시는 인간과 신이 만나는 장소이기 때문에 세계의 중심이라고 할 수가 있다. 언어에는 높은 산과 낮은 산도 있고, 언어에는 넓은 들판과 푸르고 푸른 호수도 있다. 언어에는 달과 별과 태양도 있고, 언어에는 온갖 동식물들과 우리 인간들도 살고 있다. 언어는 만물의 씨앗이며, 우리 시인들은 이 언어의 씨앗을 뿌리며, 이 세계의 중심인 '시의 우주'를 가꾸어 나간다. 시인은 인간 중의 인간이며, 우리 인간들의 미래의 이상형이다. 시인은 에피쿠로스가 역설한 대로 '최고의 선'과 '신들의 경지'를 창출해내기 위해 자기 자신의 몸과 마음을 다 바쳐 나간다.

　　장은지 시인의 「눈부시게 맑은 밤 우리 거기에」는 "떠도는 별을 잡아 수호성"으로 삼아 우리의 꿈과 희망과 미래의 이상낙원을 창출해낸 시라고 할 수가 있다. 때는 "인적이 드문 풀밭에 앉아/ 흐르는 별을 머금은 빛나는 물결"을 보았을 때이고, 네가 "총총 수 놓듯" "절망을 말했을 때"이고, 나는 "위로도 동의도 하지 못하고" "한 줌 숨"을 "움켜쥐었을" 때이다. 베이비붐 시대와 X세대를 거쳐 탄생한 밀레니엄 세대는 참으로 축복받은 세대이면서도 저주받은 세대라고 할 수가 있다. 축복받은 세대라는 것은 어렵고 힘든 노동을 하지 않아도 되는 세대를 뜻하고, 저주받은 세대라는 것은 '컴퓨터 실업', 즉, '고용 없는 성장'이라는 구호 속에서 모든 일자리를 다 빼앗겼다는 것을 뜻한다. 일자리가 없다는 것은 미래의 꿈과 희망을 잃어버렸다는 것을 뜻하고, "한 길은 벼랑이고 한 길은 절벽일" 뿐이라는 것을 뜻한다.

눈부시게 맑은 밤, 우리는 거기에 있었고, 침묵도 더 이상 다정하지 않았고, 포옹도 더 이상 평화롭지가 않았다. "막다른 곳에 다다른 우리는/ 막다른 곳을 뚫고 넘어왔다고/ 어떻게 설명할 수"가 없었던 것이고, "우리 떨어지면 어딘가 닿기나 할지" 가 궁금했던 것이다. '헬 조선', '지옥—대한민국!' 취업포기, 결혼포기, 출산포기, 내집 마련 포기 등의 '밀레니엄 세대'는 그 반대급부로서 '저출산 고령화 시대'의 주인공들이 되었던 것이다.

꿈도 없고, 희망도 없다. 기댈 곳도 없고, 절망의 밑바닥이 어디인지도 모른다. 하지만, 그러나 장은지 시인은 "떠

도는 별을 잡아 수호성을 삼고/ 우리를 지키는 신이한 존
재라도 빌어/ 그래도 너 서 있노라/ 서 있으라 우리"라고,
끝 모를 좌절과 절망에 빠져 있는 그를 붙잡아 '우리'로서
서 있게 한다.

국가가 있고, 국민이 있고, 내가 있다. 우리가 있고, 네
가 있고, 내가 있다. '눈부시게 맑은 밤'은 이 세상 그 어디
에도 없지만, 너와 내가 떠도는 별을 수호성으로 삼으면
'눈부시게 맑은 밤'이 천지창조의 첫날처럼 그 어둠을 밝히
게 될 것이다.

시인은 언제, 어느 때나 언어의 씨앗을 뿌리는 사람이
다. 이 언어의 씨앗으로 해가 솟아오르고, 모든 새들이 노
래를 부른다.

신대철
땅 껍질

화악산 꼭대기 주목 군락지에
텐트 치고 한 달간
미군 레이더 기지 경비를 섰다.

대원들은 틈만 나면 주목 그늘에 벌렁 누웠다. 새도 바
람도 햇빛도 푸르게 그늘지어 넘어갔다. 고향에서 온 구름
이 내가 모르는 곳으로 하얗게 물결쳐 갔다. 그 물결을 타
고 바둑판 이야기가 흘러 들었다. 몇 백년 된 주목을 자르
라니! 나는 아름드리 주목 사이를 산책하는 듯 서성이다
미군들이 화악리 캠프로 내려가던 저녁, 서울 불빛을 보며
주목을 생각했다. 우리보다 더 빛을 어둠을 알고 우리보다
더 땅과 하늘을 알고 오래 지구를 버텨 줄 나무들. 정들인
생명붙이 나무들을 돌며 오늘은 이 나무 내일은 저 나무,
매일 바둑판 재목을 바꿨다. 마침내 술 기운으로 톱질하던
고참 대원은 '우린 군인이야, 미안해, 미안해요' 하고 계속

중얼거렸다. 속살 불그레한 나이테 옆에서 남은 숨처럼 두
근거리고 있었을 뿐 아무도 움직이지 못했다. 상부에서는
나무 아래 토막은 가져오고 나머지는 흔적없이 태우라고
했다. 철수하던 날, 대원들은 용담리로 내려갔고 나는 트
럭을 인솔하여 화악산을 내려왔다. 가평 헌병대 검문에 재
목이 발각되었지만 어디서 온 전화 한 통화에 하룻밤만에
풀려나왔다.

 전역이 꿈이었던 고참 대원은
 어디에서 꿈을 이루었을까?

 안개 자욱한 날
 숨통 터 주던 그 높은 숨결
 쿵 하고 쓰러지던 그 높은 나무

 땅 껍질
 기억 속에 으스러져 박혀 있는
 가로 42cm, 세로 45cm* 화악산

* 바둑판 표준 규격.

풀과 나무가 살지 않는 산은 불모지대이며, 그 어떤 생명체도 살아갈 수가 없다. 풀과 나무는 산의 옷이고, 땅 껍질이며, 산의 육체와 정신을 살아 움직이게 하는 생명체라고 할 수가 있다. 풀과 나무와 짐승들이 다 소중하듯이, 주목은 고산지대에서 살아가는 나무이며, '살아서 천년, 죽어서 천년' 동안 고산지대를 고산지대로서 살아 숨쉬게 하는 나무라고 할 수가 있다.

　전쟁이란 영토와 금은보화와 제국의 패권을 둘러싸고 일어나는 싸움이며, 이 사생결단식의 싸움은 반자연적이고 반생물학적인 싸움이라고 할 수가 있다. 전쟁이란 타인의 생명을 빼앗고 그의 영토와 재산을 약탈하는 싸움이기 때문에, 그 전쟁의 목적을 위해서는 어떤 수단과 방법을 가리지 않게 된다. 화악산은 한국전쟁의 피비린내로 물들어 있는 산이며, 휴전협정 이후에도 '미군 레이더 기지'가 있을 만큼의 군사적 요충지대라고 할 수가 있다.

신대철 시인의 「땅 껍질」은 참회록이며, 국방의무를 담당하고 있는 병사로서의 상부의 명령을 거역하지 못하고 천연기념물인 주목을 무참하게 베어낸 속죄의식을 노래한 시라고 할 수가 있다. 신대철 시인의 「땅 껍질」은 주목나무이고, 전쟁의 목적이 아닌 인간의 기호놀이를 위해서 "우리보다 더 빛을 어둠을 알고 우리보다 더 땅과 하늘을 알고 오래 지구를 버텨 줄 나무들"을 베어버렸던 것이다. 비록, '살아서 천년, 죽어서 천년'을 가는 주목나무를 향해 "우린 군인이야, 미안해, 미안해요"라고 용서를 빌었지만, "오늘은 이 나무 내일은 저 나무, 매일 바둑판 재목을" 위해 그 울울창창한 주목나무를 베어버렸던 것이다.

'살아서 천년, 죽어서 천년'을 간다는 주목나무는 신성한 나무이며, 그 어느 누구도 주목나무의 가지를 꺾거나 그 나무를 함부로 베어서는 안 된다. 왜냐하면 주목나무는 '성스러운 기피'이며, '이유불문의 금기의 대상'이기 때문이다. 금기(터부)의 대상은 거룩하고 신성한 대상이 되고, 다른 한편, 금기의 대상은 두려움과 공포의 대상이 된다. 욕망이 두려움보다 더 크면 금기를 범하게 되고, 두려움이 욕망보다 더 크면 그는 그 대상을 숭배하게 된다. 프로이트가 그의 『토템과 금기』에서 역설한 바가 있지만, 금기(터

부)는 종교보다도, 신들보다도 더 오래된 것이고, 이 금기는 우리 인간들의 역사와 함께 시작된 것이다.

욕망이 두려움보다 더 크고 금기를 깨뜨리면 일시적인 쾌락이 따르지만, 그러나 그 금기를 깨뜨린 죄의식은 그의 의식과 무의식을 지배하게 된다. "전역이 꿈이었던 고참 대원은/ 어디에서 꿈을 이루었을까?"가 그것이고, "안개 자욱한 날/ 숨통 터 주던 그 높은 숨결/ 쿵 하고 쓰러지던 그 높은 나무"가 그것이다. 더없이 젊고 국방의무에 충실하고 있을 때, 상부로부터 반자연적이고 불법적인 명령이 하달되어 왔던 것이다. 화악산 고산지대에 군락을 이루고 있었던 주목나무를 베고, "나무 아래 토막은 가져오고 나머지는 흔적도 없이 태우라"는 상부의 명령이 바로 그것이었던 것이다. 주목나무를 베는 것도 죄를 짓는 것이고, 상부의 명령을 거역하는 것도 죄를 짓는 것이다. 하지만, 그러나, 이 이중의 난제 앞에서 어쩔 수 없이 상부의 명령에 따르게 되고, "우린 군인이야, 미안해, 미안해요"라고 용서를 빌었지만, 그러나 화악산의 옷을 벗기고 그 「땅 껍질」을 찢어발긴 죄는 그의 정신과 육체를 괴롭힌다.

"땅 껍질/ 기억 속에 으스러져 박혀 있는/ 가로 42cm, 세로 45cm 화악산"의 바둑판은 신대철 시인의 정신과 육체에 영원히 씻을 수 없는 심리적인 상처로 남아 있는 것이다. 금기의 대상은 거룩하고 신성한 것이고, 거룩하고 신성한 것은 매혹과 공포가 주조를 이루게 된다. 매혹은 삶의 황홀이고, 공포는 삶의 두려움이다. '살아서 천년, 죽어서 천년' 가는 주목나무, 살아서도 죽지 않고 죽어서도 살아가는 주목나무, 땅과 하늘이 맞닿은 고산지대에서도 울울창창한 주목나무 앞에서 어느 누가 경의를 표하지 않고, 자기 자신의 기호놀이를 위해서 그 나무들을 베어버릴 수가 있었단 말인가? 금기의 대상은 금기를 깨뜨린 사람의 의식과 무의식을 사로잡고 그와 똑같은 방법으로 그의 정신과 육체를 갈갈이 찢어놓는다. 이것이 인과응보이고, 억압의 심급을 통해서 그 억압의 대상이 되살아 나는 무서운 복수극이기도 한 것이다.

「땅 껍질」은 신대철 시인의 악몽이고 가위눌림이며, 그의 "기억 속에 으스러져 박혀 있는" "바둑판"이라고 할 수가 있다. 신대철 시인은 주목나무가 되고, 주목나무는 땅 껍질이 되고, 땅 껍질은 바둑판, 즉, 그의 심리적인 영원한 상처가 된다. 신대철 시인의 「땅 껍질」은 참회록이며, 이 참회록의 시간은 그의 일생 내내 계속 되풀이 된다. 참회록의 역사는 세계적이고 보편적이며, 이 타산지석의 교훈을 통해서 울울창창한 주목나무들이 자라고, 우리 인간들의 역사는 더욱더 건강하고 튼튼해진다.

시는 이 세상의 주목나무이고, 땅 껍질이며, 우리 인간들로 하여금 이처럼 아름답고 뛰어난 서정시인들로 살아가게 한다. 자기 반성과 성찰, 쓰디쓴 자기 고백과 참회ㅡ. 시는 고산지대의 주목나무이고, 그 어떤 오염도 참지를 못한다.

한국전쟁은 동서, 양 진영의 식민지 쟁탈전이고, 미군은 우리 한국인들을 그들의 총알받이로 삼은 침략자들에 지나지 않는다. 미군을 위해 조국의 산과 들을 바치고, 미군을 위해서 "레이더 기지"의 호위무사를 자처하며 수많은 주목나무들을 베어버려야만 했던 대한민국의 병사들ㅡ, 대한민국은 미군(미국)을 위한 바둑판(장기판)이고, 우리 한국인들은 그 바둑판의 병사들로서 수없이 내부총질을 하며, 그 어떤 영문도 모른 채 수없이 죽어가지 않으면 안 되었던 것이다.

아아, 대한민국이여!

아아, 영원히 멀고 먼 대한독립만세여!

정구민

새소리 카페

달빛 별빛 새소리 모여 시를 읽는 새소리 카페입니다

바람 한 줄 나뭇잎 한 줄기 넣어 저으면
구름이 새파랗게 번집니다

고운 이슬처럼 써 내려간 방울새
상큼한 표지 글 박새
감미로운 대화체 소설 촉새
콩나라 팥나라 콩새
쇠박새 진박새 오목눈이 딱따구리 악단들
숲속 식솔들의 나라
구봉산 마루에 휘파람 고였습니다

바람둥이 바람
벌나비 춤

꽃구름 꽃비 함박눈까지

등산길 모퉁이 돌아

새소리카페 글꽃 말꽃 구름꽃 햇살꽃 한 숟가락씩 넣은
유리잔

차 맛은 산매화 닮아

새소리카페 단골손님 산새와 재잘거리며

위작도 거짓도 모르는 글 쓰고

자연 잎들에 적힌 글 무한으로 읽으며

새 카페 앉아 환경시 씁니다

어느새 창가에 걸터앉은 새벽달

목 짧고 혀 짧은 새들

지구멸망 두렵다

두견새가 웁니다

어떻게 하면 잘 사는 것일까라는 것은 철학의 중심 과제이고, 무엇을 어떻게 추구할까라는 것은 과학의 중심 과제일 것이다. 철학은 삶의 목표와 그 정책을 수립하는 이론철학이라고 할 수가 있고, 과학은 삶의 목표와 정책을 추구하는 실천철학이라고 할 수가 있다. 철학과 과학은 인문과학과 자연과학, 혹은 형이상학과 형이하학으로 분리되어 있지만, 사실상 따지고 보면 둘이 아닌 하나라고 할 수가 있다. 하지만, 그러나, 철학이 과학을 하위수단(보조수단)으로 삼았을 때는 그래도 좀 더 행복한 시대였는지도 모른다. 이제는, 오히려, 거꾸로 과학이 철학의 목을 비틀고 그 모든 삶의 목표와 정책들을 말살해버린 시대가 되었다고 할 수가 있다. 과학은 왜, 사는가를 묻지 못하게 하고, 또한, 과학은 행복이란 무엇인가도 묻지 못하게 한다. 과학은 오직 탐욕과 돈벌이 자체가 목표가 되었고, 돈이 된다면 정의와 불의, 선과 악, 도덕과 부도덕, 자연과 반자연 등, 그 어느 것도 따져 묻거나 거들떠 보지도 않는다. 오직 돈이 된다면 장기이식이나 이종교배, 부모형제간의 소송전과 문화유산의 파괴, 바다 밑의 자원의 채굴과 만년 설산의 파괴 등, 그 무엇이든지 다 저지르고 본다. 철학의 시대가 가고 과학이 철학의 목을 비틀어버린 시대는 무목표, 무책임, 무의지의 시대(자연파괴의 시대)이며, 역사의 종말의 시대라고 하지 않을 수가 없다.

자연은 모든 것이 가능한 최선의 세계이며, 이 세상의 모든 만물들을 다 품어 기른다. 인간의 입장에서 자연은 너무나도 반인간적이고 두려움과 공포, 또는 재앙 자체일 수도 있지만, 그러나 그것은 종의 균형의 차원의 문제이지, 인간 무시의 차원은 아니었던 것이다. 가뭄과 홍수, 지진과 해일, 화산의 폭발과 전염병의 창궐, 풍년과 흉년 등은 전체적이고 종합적인 자연의 입장에서 바라보면 너무나도 자연스러운 현상이지만, 이 자연의 법칙에 반기를 든 인간의 도전은 오늘날의 지구촌의 재앙 자체라고 할 수가 있다.

자연은 "달빛 별빛 새소리 모여 시를 읽는 새소리 카페"이고, "바람 한 줄 나뭇잎 한 줄기 넣어 저으면/ 구름이 새파랗게 번"진다. 방울새는 고운 이슬처럼 써 내려가고, 박새는 상큼한 표지 글을 자랑한다. 축새는 감미로운 대화체의 소설을 쓰고, 콩새는 "콩나라 팥나라"에 대한 글을 쓴다. "쇠박새 진박새 오목눈이 딱따구리 악단들"은 "숲속 식솔들의 나라"를 이루고, 구봉산 마루에는 딱따구리 악단들의 휘파람 소리가 울려퍼진다. 바람은 바람둥이고, 벌 나비는 춤을 춘다. "꽃구름 꽃비 함박눈까지/ 등산길 모퉁이 돌아"오면 "새소리 카페"는 "글꽃 말꽃 구름꽃 햇살꽃"이 핀다. "차 맛은 산매화를 닮아" 있고, "새소리 카페 단골손님인 산새"와 "위작도 거짓도 모르는 글"을 쓴다. 정구민 시인의 몸과 마음은 더없이 맑고 깨끗하고, 대자연의 아름다움을 그의 상상력으로 받아 적으며 '남과 다른 시쓰기의 동인'으로서 그의 '환경시'를 쓴다.

모든 철학, 모든 과학은 자연철학의 한 분야에 지나지 않는다. 어떻게 하면 잘 사는가는 자연의 순리에 따르는 것이고, 이 세상에서 가장 행복한 삶은 '인간 중심주의'를 버리는 것은 물론, 자연에 도전하는 죄를 짓지 않는 것이다.

오늘날 돈이 자연과학자들을 고용하여 인간을 대청소하는 것은 '이이제이以夷制夷의 戰法'일 것이다. 돈이 인간의 삶의 목표이자 행복의 수단인 것 같지만, 돈은 자연의 충복이며, 자연이 고용한 저승사자라고 할 수가 있다.

정구민 시인의「새소리 카페」는 자연철학의 대서사시이며, 자연의 입장에서 이 지구상의 이상낙원을 노래한 시라고 할 수가 있다.

아아, 하지만, 그러나 정구민 시인의「새소리 카페」는 실낙원이 되었고, 정구민 시인은 "두견새"가 되어 너무나도 "지구멸망이 두렵다"고 운다.

의대생 2천명 증원은 너무나도 근시안적이고, 미래의 인력 낭비에 지나지 않는다. 첫째 의사의 부족은 오늘날의 중국처럼 인공지능 병원을 설립하면 된다. 간단한 진료와 처방을 인공지능 병원이 처리하면 동네병원이나 종합병원의 의료인력은 대폭 축소될 것이고, 둘째, 네덜란드나 스위스처럼 적극적인 존엄사를 채택하여 가족과 국가의 부담이 되는 노인들의 행복한 삶을 마련해주면 될 것이다.

홍성란

달빛

내릴 데 가리지 않아

낮은 데 임하시니

잔잔한 물결에 뾰쪽탑에 내 머리 위에

골고루 쓰다듬는 고요

무량無量한 이

입맞춤

부처란 누구인가? 부처란 도를 깨달은 사람이며, 이 도(진리)를 통하여 자기 자신의 행복을 아낌없이 다 나누어 주고 가는 사람이라고 할 수가 있다.

대자대비大慈大悲―. 내릴 데 가리지 않고, 낮은 데로 임하시며, "잔잔한 물결에 뾰쪽탑에 내 머리 위에" 그 모든 사랑을 다 쏟아 부어준다.

"골고루 쓰다듬는 고요/ 무량無量한 이/ 입맞춤"―.

부처 앞에서는 만인이 평등하고, 홍성란 시인의 「달빛」 앞에서는 만인이 행복하다.

시는 달빛이고, 입맞춤이며, 시에는 사악한 생각이 하나도 없다.

남길순

운주사

이곳에선 세상을 떠도는 이를 중생이라 부른다더군

곳곳마다 죽은 동생이 서 있었어

담도 없고
싸움도 없고 높은 곳도 없이
누구나 서 있으면
부처가 될 것 같은 절 마당

누가
내 곁에 와서
사진을 찍고 있네

그도
나도

작은 돌부처도

웃네

운주사는 대한불교 조계종 제21교구 본사인 송광사의 말사로서 전남 화순군 천불산에 자리를 잡고 있다고 한다. 『동국여지지東國輿地志』에 따르면 고려승 혜명惠明이 1,000여 명의 무리들과 함께 천불천탑을 세웠다고 하지만, 임진왜란과 정유재란을 거쳐 오늘날에는 91구의 석불과 21기의 석탑 등이 흩어져 있다고 한다.

　　중생이란 누구를 말하는 것일까? 중생이란 부처의 구제의 대상, 즉, 이 세상에서 깨달음을 얻지 못한 사람이나 생명체들을 말한다. 운주사란 구름 속에 존재하는 절이며, 따라서 운주사란 이 세상을 떠돌아 다니는 사람들을 구제하기 위한 안식처라고 할 수가 있다. 천불천탑이 바로 그것이며, 그러니까 남길순 시인에게는 운주사 곳곳마다 죽은 동생들이 서 있는 곳이라고 할 수가 있다.

　　운주사는 떠돌이, 즉, 중생들의 안식처이니 만큼, "담도 없고/ 싸움도 없고 높은 곳도 없"다. 이 세상을 떠도는 사람들은 자유로운 영혼의 소유자이자 모든 욕망들을 다 내려놓은 사람들인 만큼, 모든 고통과 번뇌에서 벗어난 부처라고 할 수가 있다.

이 세상에서 가장 어렵고 힘든 것은 무엇인가? 욕심, 욕심, 모든 욕심을 다 내려놓는 것이다. 우리들 모두가 다같이 전남 화순의 운주사에 가면 부처가 될 수가 있고, 이 세상 그 어디에도 없는 환한 얼굴로 웃을 수가 있다

이 세상에서 가장 행복한 사람은 누구인가? 삶과 죽음을 초월하여 운주사의 구름처럼 자유자재롭게 자기 자신의 삶의 진실을 연주하는 사람일 것이다.

박분필

나의 고도를 찾아서

해가 지고 달이 떠오르고 다시 달이 지고 해가 떠올랐다

낭떠러지에 걸린 철길 위로 벽도 창문도 없는 열차를
타고 철컥철컥 협곡을 지나 협곡으로 접어드는 길
접어들수록 세상이 아득하다

나의 고도를 찾아서

하늘 끝에 닿아있는 아슬아슬한 시월의 산

너무 높아서, 번개가 내리칠 때는 머리보다
배꼽을 조심해야 한다는 산이 배꼽을
감았던 구름을 한 겹 한 겹 풀어낸다

산꼭대기에 태양이 걸린다, 어제 쏟아진 함박눈이

하얀 외뿔고래처럼 헤엄치고 파랗게 담긴 시간이
넘실대고 단풍은 완벽한 색채의 춤사위다

산이 대뜸, 위풍당당한 그림자를 길게 끌며
협곡바다 푸른 물속에 발을 담근다

물에 비친 마음을 들여다본다

맑은 물에 마음을 닦는 일과
순수한 저 여유로움이 나의 고도였을까

사람이 늙는 일과 단풍으로 물드는 일은 원래의
모습으로 되돌아가는 길, 모두 물이었으니까
한 방울의 물로부터 시작되었으니까

이 세상에서 가장 즐겁고 기쁜 일은 무엇일까? 그것은 두말할 것도 없이 '말놀이'이며, 이 '말놀이'를 구체화시킨 것이 모든 정치, 경제, 역사, 문화, 예술, 체육 등일 것이다. 모든 혁명 이전에 언어의 혁명이 먼저 일어나듯이, '말놀이'는 첫 아이의 탄생의 신호탄이 되고, 이 세상의 삶의 찬가는 물론, 이 세상의 삶에 마침표를 찍는 유언도 된다. 모든 축제의 역사도 말놀이이고, 모든 사상의 역사도 말놀이에 지나지 않는다.

박분필 시인의 「나의 고도를 찾아서」도 '말놀이의 경연장'이며, 연어가 모천으로 회귀하듯이, 대단원의 결말을 맺기 위한 '자아완성의 대서사시'라고 할 수가 있을 것이다. '고도'란 무엇인가? 국어사전적 의미로 '고도'란 어떤 수준이나 정도가 뛰어난 것을 말하고(고도高度), 고도란 두 번째로 옛도읍을 말한다(고도古都). '고도'란 세 번째로 '멀리 나아가 이 세상에서 숨어 사는 것'을 말하고(고도高蹈), '고도'란 네 번째로 '뭍에서 멀리 떨어진 외로운 섬'을 말한다 (고도孤島). 이밖에도 '고도'란 고도高跳와 고도古刀 등의 다양한 의미로 사용될 수가 있고, 따라서 박분필 시인의 「나의 고도를 찾아서」는 최고급의 말놀이의 경연장이라고 할수가 있는 것이다.

"해가 지고 달이 떠오르고, 다시 달이 지고 해가 떠올랐다." 만물이 부활하는 봄을 지나, 이팔청춘의 남녀가 사랑을 불태우는 여름을 지나, 이제는 "하늘 끝에 닿아있는 아슬아슬한 시월의 산"에 다다랐다. "낭떠러지에 걸린 철길 위로 벽도 창문도 없는 열차를/ 타고 철컥철컥 협곡을 지나 협곡으로 접어드는 길"은 접어들면 "접어들수록 세상이 아득"하기만 한 것이다.

나의 영원한 안식처, 나의 고도는 그 어디에 있는가? "너무 높아서, 번개가 내리칠 때는 머리보다/ 배꼽을 조심해야 한다는 산이 배꼽을/ 감았던 구름을 한 겹 한 겹 풀어낸다." "산꼭대기에 태양이 걸"리고, "어제 쏟아진 함박눈이/ 하얀 외뿔고래처럼 헤엄치고 파랗게 담긴 시간이/ 넘실대고 단풍은 완벽한 색채의 춤사위"를 뽐낸다.

직지인심直指人心, "산이 대뜸, 위풍당당한 그림자를 길게 끌며/ 협곡바닥 푸른 물속에 발을 담"그며, "물에 비친 마음을 들여다" 보게 한다. "맑은 물에 마음을 닦는 일과/ 순수한 저 여유로움이 나의 고도였을" 것이다. 그렇다. "사람이 늙는 일과 단풍으로 물드는 일은 원래의/ 모습으로 되돌아가는 길, 모두 물이었으니까/ 한 방울의 물로부터 시작되었으니까"—.

다시 말해서, 나의 영원한 안식처, 나의 고도는 그 어디에 있는가? 그것은 두말할 것도 없이 최초의 시원인 물과 최후의 마침표인 물 위에 있는 것이다. 박분필 시인의 「나의 고도를 찾아서」의 고도란 인간의 수준이나 그 정도가 뛰어난 고도를 말하고, 최초의 시원인 옛 도읍의 고도를 말한다. 또한 이 세상의 만인들로부터 숨어 산 고도를 말하고, 이 세상으로부터 멀리 떨어진 외로운 섬을 말한다.

부디 부디, 이 세상으로부터 멋진 높이뛰기와 넓이뛰기는 자기 자신만의 영원한 안식처를 찾아 그곳에다가 집을 짓는 것이라고 할 수가 있다. 박분필 시인의 역사 철학과 존재론적 성찰은 이처럼 한 방울의 물 위에다가 집을 짓고, 그 물방울 속의 삶을 찬양하게 된다. 나의 고도에 이르는 길은 수천 억 개의 물방울처럼 많으며, 한 방울의 물속에 집을 짓는다는 것은 그처럼 어렵고 힘든 길이기도 한 것이다. 이 세상의 모든 고도는 물 위의 집이며, 그 언젠가는 흔적도 없이 사라져갈 물방울과도 같다.

이 세상에서 가장 즐겁고 행복한 사람은 누구라고 할 수가 있을까? 자기 자신의 섬에다가 집을 짓고, 자기 자신의 '말놀이'로 '최고급의 인식의 제전'을 펼쳐보일 수 있는 시인일 것이다.

물 위의 집, 자기 자신의 진리와 그 말놀이를 할 수 없는 사람은 이 세상의 그 어디에다가도 집을 짓지 못하고 '떠돌이—나그네의 삶'을 살게 될 것이다.

최병근

모처럼

풍경소리 들으러 갔다 거기
한바탕 싸움이 있었다
와중에 누군가 대장간에라도 다녀왔는지
사천왕 작두 창칼이 춤추고
목이 잘린 말들

말들이 히힝 울었다
경마장이 아니었는데
재갈을 물리고
오도 가도 못하는
첩첩산중

결가부좌로 포박당한 부처가
유리안치 되었다

일곱 걸음만 걸을 수 있게 해다오
연꽃 위에서 이슬과 노는
개구리나 되게

누구의 명이던가
붉은 장삼을 두른 나무들이
대웅전 지붕 위에
단지한 손가락을 불쏘시개로 던져
불을 질렀다

발치 사하촌에서
방아 찧는 소리가 났다

이 세상에서 가장 기만적인 대사기극은 종교라고 할 수가 있으며, 모든 종교인들은 이 대사기극을 은폐하기 위해서 그 모든 교리가 진리로 되어 있다고 말한다. 진리란 참된 이치이며, 그 어느 누구의 비판이나 반박조차도 허용하지 않는다. 부처와 예수의 말씀을 믿고 따르면 천국(극락)에 가고, 부처와 예수의 말씀을 따르지 않으면 지옥에 간다. 천당은 당근이 되고, 지옥은 채찍이 된다. 이 당근과 채찍이라는 양날의 칼을 들고 끊임없이 어리석고 나약한 대중들을 협박하며, 그들의 정신과 육체를 유린하고, 그 재산들을 다 약탈해간다. 어느 누구도 부처와 예수를 본 적도 없고, 부처와 예수의 저서는커녕, 그들의 글귀마저도 발견된 적이 없다. 하지만, 그러나 부처의 진신사리는 히말라야의 설산보다도 더 높고, 십자가에 못박힌 예수는 전 인류의 마음을 사로잡는다. 불경과 경전은 수많은 사람들이 조작해낸 대사기극의 진수이며, 이 종교적인 잔혹극보다 더 피비린내 나는 싸움은 있을 수가 없다.

최병근 시인의 「모처럼」은 불교의 '법란'을 희화화시키고 있는 시이며, 이 세상에 존재한 적도 없고, 존재할 리도 없는 부처가 우리 사제들, 즉, 그 대사기꾼들에 의해 "결가부좌"로 "유리안치"된 존재라는 사실을 고발하고 있는 시라고 할 수가 있다. 진리는 존재하지 않지만 모든 경전들은 진리가 되고, 부처(예수)는 존재하지 않지만 모든 불상이 부처가 된다. 우리 사제들, 즉, 이 대사기꾼들은 이 존재하지 않는 진리를 움켜쥐고 그 모든 종단과 사찰의 경영권을 두고 싸우며, 이 세상에서 가장 신성한 우리 인간들의 삶의 터전을 피비린내 나는 싸움터로 만든다. 자기 자신만이 진리를 움켜쥐고 있으니까 모두가 바보천치이고, 타인의 말과 사유를 인정하지 않으니까 그 어떤 양보와 타협도 할 수가 없다. 진리가 아니면 허위이고, 적이 아니면 동지이다. 이 진리 싸움의 피비린내는 돈과 명예와 권력을 위한 싸움으로 모든 종교의 역사를 잔혹극으로 만들어 버린다.

조용한 산사의 그윽하고 맑은 풍경 소리도 없었고, 이세상의 삶에 지치고 병든 사람들의 마음과 육체를 어루만져주는 사제도 없었다. 종단과 종파의 싸움이 있었고, 주지와 스님들의 싸움이 있었고, 사찰과 신도들의 "한바탕 싸움"이 있었다. "누군가 대장간에라도 다녀왔는지/ 사천왕 작두 창칼이 춤추고/ 목이 잘린 말들"과 "말들이 히힝 울었다." 산사는 복마전이고 경마장이며, 전지전능한 부처는 "오도 가도 못하는/ 첩첩산중"에 "결가부좌로 포박당한" 포로에 지나지 않았다.

만일, 그렇다면 우리는 어떻게 산사에 유리안치된 부처를 구원하고, 십자가에 못박힌 예수를 구원할 수가 있단 말인가? 살아 있어도 살아 있는 것이 아닌 부처와 예수, 죽고 싶어도 죽을 수도 없는 부처와 예수 ─. 이 세상에 비록, 하나의 가상이자 허구의 존재이기는 하지만, 우리 사제들의 이권利權의 희생양이 된 부처와 예수처럼 불쌍하고 가련한 존재도 없고, 그 불쌍하고 가련한 신음 소리는 마침내, 하늘을, 대자연을 감동시켰는지도 모른다. "일곱 걸음만 걸을 수 있게 해다오/ 연꽃 위에서 이슬과 노는/ 개구리나 되게"가 그토록 불쌍하고 가련한 부처의 하소연과 신음 소리라면, "누구의 명이던가/ 붉은 장삼을 두른 나무들이/ 대웅전 지붕 위에/ 단지한 손가락을 불쏘시개로 던져/ 불을 질렀다"는 것은 부처와 예수를 구원하는 하늘의, 대자연의 구원의 손길이었던 것이다.

최병근 시인의 「모처럼」은 최후의 심판과도 같은 판결

문이며, 한 마리의 포로와도 같은 부처와 예수를 구원하는 복음의 말씀과도 같다.

붉디붉은 대자연의 단풍으로 모든 사찰과 경전들을 다 불태우고, 부처와 예수의 해방을 위하여 사하촌의 마을에서 떡방아를 찧게 한다.

부처를 만나면 부처를 죽이고, 예수를 만나면 예수를 죽인다. 중을 만나면 중을 죽이고, 목사를 만나면 목사를 죽인다.

시는 언어의 경전이고, 시인은 영원한 혁명가이자 구원자이다.

차회분

동촌유원지*에 여름 한낮이 저문다

늙은 장모와 사위가 의자에 앉아 강물을 본다

먼 곳의 풍경이다

오리 배 몇 척 유유히 금호강 늦은 물빛을 헤집고 돌아
온다
출렁이는 물빛이 검다

풍경을 당긴다

늙은 장모가 소곤소곤 손짓을 지어가며 그림을 그리자
고개 끄덕이는 사위 얼굴에
햇살이 번진다

앉은 의자 옆에 젊은 엄마가 어린아이와 손뼉을 치며 논다

몇 사람이 둘레에서 사이다와 피자를 먹는다

오백 원짜리 종이 커피를 장모와 사위 손에 들려주고
너는 풍경 속을 급히 물러난다
물러나는 그림자도 길어지고 엷어지더니 사라진다 타인
처럼

강 건너 자전거 몇 대 줄지어 지나가고
장모가 가리키는 손가락을 따라가던 사위의 눈이
되돌아와 장모의 눈을 들여다본다

여름 장마가 지난 지 얼마 되지 않은 터라 해가 지는데
도 덥다

* 대구시민이 자주 찾는 금호강을 낀 유원지.

'무위자연'을 주창한 노자나 '자연으로 돌아가라'고 역설한 장 자크 루소를 자연주의자라고 할 수도 있겠지만, 그러나 그들의 자연 예찬은 우리 인간들의 인위적인 활동과 이 인위적인 활동에 따른 자연 파괴와 모든 탐욕을 제거하자는 어쩌면 너무나도 소박하고 자연스러운 외침이었다고 할 수가 있을 것이다. 만일, 그렇다면 문학 예술의 이론적 토대를 제공한 자연주의란 무엇이란 말인가? 자연주의란 낭만주의와 이상주의를 반대하고 당대 사회의 객관적 묘사와 과학적 방법을 도입한 문예사조를 말하지만, 그러나 사실주의(현실주의)가 사회 역사적인 상상력을 토대로 하여 미래의 이상 사회를 제시하고 있는 반면에, 그 어떠한 이상과 목적을 제시하지 않고 있다는 점에 그 특징이 있다고 할 수가 있다. 그 어떠한 초월적인 존재와 신적인 존재를 인정하지 않고 실증주의와 결정론, 그리고 실험의학과 심리학을 통하여 인간의 심리와 그 행동을 객관적으로 묘사하고 있었지만, 그러나 에밀 졸라 류의 자연주의는 인간 사회의 변혁(혁명)을 원하는 현실주의의 도도한 흐름 앞에서 더 이상의 그 수명을 연장할 수가 없었다.

차회분 시인의 「동촌유원지에 여름 한낮이 저문다」는 관찰과 묘사, 즉, 자연주의의 미학의 수작이며, 우리 인간들의 인생과 삶이란 무엇인가라는 문제를 반성하고 되돌아보게 만든다. "늙은 장모와 사위가 의자에 앉아 강물을 본다// 먼 곳의 풍경이다"라는 시구가 바로 그것을 말해준다. 강물은 어떠한 의미를 띠고 있으며, '먼 곳의 풍경'이란 무엇을 의미하는 것일까? 강물은 흐름이고, 흐름은 되돌릴 수 없는 시간이고 인생이며, 따라서 우리들의 인생은 강물과도 같다. 먼 곳의 풍경은 이승이 아닌 저승이고, 늙은 장모에게는 아주 가깝고, 중년의 사위에게는 좀 더먼 곳일 수도 있다. "오리 배 몇 척 유유히 금호강 늙은 물빛을 헤집고 돌아"오고, "출렁이는 물빛이 검다." 늙은 장모와 사위는 금호강의 검은 물빛을 바라보며 무엇을 생각하고, 그 말없음으로 무슨 생각을 주고 받고 있는 것일까? 먼 곳의 풍경을 당기며, "늙은 장모가 소곤소곤 손짓을 지어가며 그림을 그리자/ 고개 끄덕이는 사위 얼굴에/ 햇살이 번진다." "여보게 사위! 먼 곳은 천국이고 행복의 나라이며, 내가 먼 곳으로 떠나더라도 우리 딸을 더욱더 사랑해주고, 아들과 딸들을 다 잘 키우고, 그리고 먼 훗날 우리 천국에서 다시 만나세!"라고 늙은 장모가 당부를 하면, "그러믄요, 어머님! 부디 어머님 말씀 명심하고, 이 세상의 임무를 다 끝내고 저와 제 아내가 꼭 어머님을 찾아 천국으로 가겠습니다"라고 사위가 늙은 장모에게 대답을 하고 있는 것인지도 모른다. "앉은 의자 옆에 젊은 엄마가 어린아이와 손뼉을 치며 논다/ 몇 사람이 둘레에서 사이다와 피자를 먹는다." 젊은 엄마와 어린아이는 사위의 미래의 며느리와 손자가 되고, 강물이 흘러오고 흘러가 듯이 역사의 힘찬 발걸음은 그 흐름을 멈추지 않는다.

늙은 장모와 사위가 이 세상의 삶을 달관한 이상주의자이자 노자와 장 자크 루소의 자연주의자라면, 이에 반하여, 딸이자 아내인 시적 화자는 그녀의 자연주의를 회의주의와 염세주의로 채색시켜 놓는다. "너"는 딸이고, 딸은 기껏해야 "오백 원짜리 종이 커피를 장모와 사위 손에 들려주고" 그 "풍경 속을" 마치 "타인"처럼 "급히 물러난다." 친정 엄마도 타인에 불과하고 일심동체의 남편도 타인에 불과하며, "물러나는 그림자도 길어지고 얇아지더니 사라진다." 이 세상의 삶도, 그 모든 것도 다 부질없고, 머나먼 천국이나 행복의 나라는 존재하지도 않는다. 강물은 검고 쓸쓸하고, 너와 나는 '우리'가 아니라 영원한 타인들에 지나지 않는다.

"강 건너 자전거 몇 대 줄지어 지나가고/ 장모가 가리키는 손가락을 따라가던 사위의 눈이/ 되돌아와 장모의 눈을 들여다본다." 장모의 눈은 금호강물과도 같고, 장모의 눈은 석양 무렵의 금호강물처럼 검다. "여름 장마가 지난 지 얼마 되지 않은 터라 해가 지는데도 덥다."

차회분 시인의 「동촌유원지에 여름 한낮이 저문다」의 시적 화자는 자기 자신의 마음을 숨기고 그 감정을 좀처럼 드러내지 않는다. 관찰과 성찰, 그리고 객관적 묘사에 충실하며, 이 세상의 삶을 덧없고 쓸쓸하다는 회의주의자와 염세주의자의 시선으로 그 시세계를 채색시켜 놓는다.

어지러운 인생도 그림으로 그려놓으면 아름다울 수가 있겠지만, 그러나 제아무리 아름다운 인생과 그 삶의 풍경도 어떤 이의 눈에는 덧없고 쓸쓸하며 우울하게 보일 수도 있을 것이다.

인생무상—. 동촌유원지의 여름 한낮이 저무는데도 무척이나 덥고 짜증이 난다. 모든 생성과 변화와, 모든 희망과 혁명마저도 도로아미타불의 헛수고에 지나지 않는다.

오은
5월의 시

5월이 아니니까
5월의 시를 쓴다
아직껏 오지 않았으니까
진작에 가버렸으니까

애착의 한복판에 서 있는 연인은
사랑의 밀도를 헤아리지 못한다

5월이 아니어서
5월의 시를 쓴다
멀리서 볼 수 있으니까
한발 앞서거나
서너 걸음 뒤처져서
현장을 상상할 수 있으니까

아직 사랑인지 몰랐을 때
5월은 우거지고
오직 사랑임을 깨달았을 때
5월은 지기 시작한다

꿈에 지고
아집에 지고
심리 싸움에 지고
어김없이 해가 진다
기약 없이 꽃이 진다

때는 지지 않는다

5월의 기념일들에
구멍이 숭숭 난다

5월이 아니므로
철봉에 매달리듯
5월을 붙잡고 늘어진다
철봉은 그대로 있는데

손아귀에 자꾸 힘이 들어간다

내려다보니

5월의 바닥이 이득하다

5월은 '꽃 중의 꽃'인 장미와 아카시아가 만발하는 꽃의 계절이자 여름으로 성큼 다가가는 신록의 계절이라고 할 수가 있다. 5월 5일은 어린이날이고, 5월 8일은 어버이날이다. 5월 15일은 스승의 날이고, 5월 18일은 광주민주화운동의 날이다. 5월은 마치 하늘의 축복을 받은 것처럼 유난히 기념일이 많은 달이며, 우리 한국인들은 이처럼 뜻깊은 날들을 통하여 대한민국의 정신과 문화를 발전시켜나가고 있는 것인지도 모른다.

　하지만, 그러나 5월은 "애착의 한복판에 서 있는 연인"처럼 비몽사몽간에 "사랑의 밀도를 헤아리지 못한다." "꿈에 지고/ 아집에 지고/ 심리 싸움에 지고/ 어김없이 해가 진다." 또한, "기약 없이 꽃이" 지고, "때는 지지 않"으며, "5월의 기념일들에/ 구멍이 숭숭 난다." 그렇다. 과연 우리의 어린이들은 학원지옥이 아닌 자연의 학교에서 마음껏 뛰어놀며 미래의 꿈과 희망을 가꾸어 나가고 있는 것이고,

우리의 어버이들은 모범시민으로서 가장 고귀하고 훌륭한 풍습의 미덕과 문화유산을 물려주고 있다고 할 수가 있는 것일까? 우리의 학자들은 오직, 자나깨나 학문연구를 통하여 사상과 이론을 정립하고 전 인류의 스승이 되어가고 있는 것이고, 과연 광주민주화운동은 세계적인 사건이며, 전 인류의 존경과 찬양을 받고 있는 기념일이라고 할 수가 있는 것일까? 참으로 가슴 아프고 슬픈 일이지만, 우리 한국 인들은 매우 어리석은 민족이며, 전통과 역사와 교육과 문화가 무엇인지도 모른다. 천재생산의 교수법도 모르고, 모범시민이 무엇인지도 모른다. 최고급의 학문의 성과인 사상과 이론이 무엇인지도 모르고, 문화선진국의 원동력인 민주주의가 무엇인지도 모른다. 우리 한국인들의 5월의 기념일은 백치들의 집단체조의 날들에 불과하고, 전 인류의 자랑이 아닌 전 인류의 조롱거리에 지나지 않는다.

오은 시인의 「5월의 시」는 5월의 기념일들을 야유하고 조롱하고 있는 시이며, 이 5월의 기념일들 속에서 살아가는 시인의 절망을 노래하고 있는 시라고 할 수가 있다. "5월이 아니니까/ 5월의 시를 쓴다." 최고급의 인식의 제전으로서 어린이날과 어버이날과 스승의 날과 광주민주화운동의 날이 아직 오지 않았으니까 「5월의 시」를 쓰고, 진정한 의미의 5월의 기념일들은 이미 다 지나가버렸으니까 「5월의 시」를 쓴다. "아직 사랑인지 몰랐을 때/ 5월은 우거지고" "오직 사랑임을 깨달았을 때/ 5월은 지기 시작한다." 아무튼, 어쨌든, "5월의 기념일들에/ 구멍이 숭숭"나고, "5월이 아니므로/ 철봉에 매달리듯/ 5월을 붙잡고 늘어진다."

우리 한국인들의 축제이자 전 인류의 축제로서의 5월, 영원한 꿈과 희망이 자라나고 사상가와 예술가의 민족으로서의 5월, 철봉에 매달리듯 오직 매달리고, 또 매달리고 싶은 5월─. 하지만, 그러나 오월의 바닥이 아득하고, 세계적인 강도집단인 미군이 무서워 자나깨나 부들부들 떨고 있는 것이다.

세계적인 교육제도는 천재를 생산해내고, 전 인류의 스승들은 최고급의 인식의 제전을 창출해낸다. 고귀하고 위대한 것은 전 인류의 스승들이 창출해내고, 더럽고 추한 것은 이민족의 노예들인 백치들이 생산해낸다.

국가란 그 구성원들의 최선의 단체이며, 그 구성원들의 애국심이 없으면 존재할 수가 없다. '나라사랑'은 자기 자신이 그 모든 것을 솔선수범하고 자기 자신을 희생시켜야 된다는 것을 뜻한다. 개인의 이익을 버리고 공적인 이익을 추구하지 않으면 그 구성원들의 상호간의 사랑과 신뢰는 생겨나지 않는다. 요컨대 국가의 근본 토대인 영원한 목표를 정하고, 그 건국이념을 실천하기 위하여 날이면 날마다 최선의 노력을 다하지 않으면 안 된다. 어린아이는 미래의 주인공답게 가르쳐야 하고, 아버지와 어머니는 모든 어린아이들의 부모답게 성부와 성모가 되지 않으면 안 된다. 우리 학자들은 끊임없이 공부를 하고 새로운 진리, 즉, 사상과 이론을 통하여 전 인류의 스승으로서 우뚝서지 않으면 안 되고, 우리 시민단체의 구성원들은 스스로, 자발적으로 도덕적 실천을 통하여 국가와 정부를 감시하고 영원한 일등국가의 길을 제시하지 않으면 안 된다. 부정부패를 뿌리 뽑는다는 것은 일등국가의 근본 조건이며, 부정부패를 뿌리 뽑지 않으면 영원한 이민족의 노예국가가 될 수밖에 없는 것이다.

과연 우리 한국인들의 5월의 기념일은 대한민국의 건국이념에 기초해 있고, 끊임없는 나라사랑, 즉, 애국심에 기초해 있단 말인가? 과연 우리 한국인들은 도덕과 법률의 모범시민이며, 우리 한국인들의 정신과 문화는 전 인류의 자랑이란 말인가?

이원형

당신은 꽃을 쓰세요 나는 시를 썰테니

잊을만하면 나타나곤 한다
시의 행간에 목 빼고 앉아 먼 산 바라보는 목련
그녀 흰 목덜미에 마음이 훙하여
꽃이나 보러 갈까 하는 당신의 유혹
따라나설까 하는 이 마음의 유흥

수국나라 수문장 같은 당신
꽃보다 유창한 헛꽃의 말인 줄 알지만
내 시에 쏟아 붓는 살가운 환대로 받아
시냇물처럼 졸졸 따라나서지

이꽃 저꽃 시를 쓰는 창가
당신은 또 벌처럼 징징거리지
암술과 수술이 그러하듯이
이 생에 한 번은 해봄직한 신방을 차리고

시의 옷자란 말을 다듬어주는 동안

당신은 꽃에 물을 주고 컸다 졌다 하고

꽃의 흐린 말에도 귀가 솔깃한 당신에게

책상 모서리처럼 지루한 시를 이해시키느라 하루가 터

무니없고

내 시를 오해하느라 한 시간이 하루 같은 당신

나무가 꽃을 버린 건지 꽃이 나무를 떠난 건지 분분하지만

그들이 그러하듯이

그놈의 시 때문에

우리 헤어질까 하는 말 꺼내지도 못하네

당신은 꽃을 쓰세요 나는 시를 썰테니

유혹이란 무엇이고, 유흥이란 무엇인가? 유혹이란 그럴 듯한 말과 행동으로 우리 인간들을 나쁜 곳으로 이끌어 가는 것을 말하고, 유흥이란 어떤 놀이에 빠져서 흥겹게 노는 것을 말한다. 이원형 시인의 「당신은 꽃을 쓰세요 나는 시를 썰테니」는 육체적인 사랑과 정신적인 사랑 사이에서, 그러나 아름다운 꽃과도 같은 당신의 유혹에 넘어가지 않고, 너무나도 의연하고 당당하게 참다운 시를 쓰겠다는 '시인의 정신'을 노래한 시라고 할 수가 있다.

당신은 꽃과도 같은 여인이고, 나는 시를 쓰는 남자이다. 당신은 "잊을만하면 나타나"는 "목련"과도 같고, 나는 당신의 "흰 목덜미에 마음이 흥하여" "꽃이나 보러 갈까 하는 당신의 유혹"에 빠져 들기도 한다. 하지만, 그러나 "이 꽃 저꽃 시를 쓰는 창가/ 당신은 또 벌처럼 징징거리지/ 암술과 수술이 그러하듯이/ 이 생에 한 번은 해봄직한 신방을 차리고" 싶지만, 그러나 결코 그렇게 할 수가 없었던 것이다. 왜냐하면 "꽃에 물을 주고 컸다 겄다 하고/ 꽃의 흐린 말에도 귀가 솔깃한 당신에게" "책상 모서리처럼 지루한" 나의 시를 이해시킬 수가 없었기 때문이다. 요컨대 그녀는 그녀의 꽃밭, 즉, 성적 욕망에만 관심을 가지고 있는 것이고, 나는 그 반대방향에서, 성적 욕망보다는 나의 시, 즉, 정신적 사랑에만 관심을 가지고 있었던 것이다.

당신의 꽃은 '말의 헛꽃'이고, 나의 시는 '진실의 꽃'이다. 당신의 사랑은 성적인 유혹이고, 나의 사랑은 정신적인 사랑이다. 말의 헛꽃과 진실의 꽃, 성적인 유혹과 시적(정신적)인 사랑 사이에서, 그러나 나는 변증법적인 비책을 통해 "당신은 꽃을 쓰세요 나는 시를 썰테니"라고 사랑을 노래하게 된다. 따지고 보면 남자와 여자는 둘이 아닌 하나이며, 육체적인 사랑과 정신적인 사랑도 둘이 아닌 하나이다. 당신과 나의 사랑은 서로가 서로의 마음과 뜻을 헤아리지 못한 부조화 때문이지, 당신은 나를 유혹하는 나쁜 여자이고, 나는 당신의 사랑을 거절해야만 하는 착한 남자이기 때문이 아니다. "나무가 꽃을 버린 건지 꽃이 나무를 떠난 건지 분분"하다는 것이 그것을 말해주고, 그러니까 "그놈의 시 때문에/ 우리 헤어질까 하는 말"도 꺼내지 못하는 것이다. "당신은 꽃을 쓰세요"는 당신은 시를 쓰듯이 꽃을 피우세요를 뜻하고, "나는 시를 썰테니"는 나의 시로 영양만점의 음식(사랑)을 대접하겠다는 것을 뜻한다.

나무도 꽃을 버릴 수가 없고, 꽃도 나무를 버릴 수가 없다. 꽃은 모든 여인들의 아름다움을 대표하고, 시는 모든 남자들의 마음을 대표한다.

시와 꽃은 둘이 아닌 하나이다.

2부

김선옥
먼지

이불을 턴다
공중으로 날아오르는 저 먼지들

햇빛 속에 날개가 번득인다

내 몸 일부였던
저울 눈금에도 없는 먼지
내가 저렇게 가벼운 적 있었던가
밤새 떨어진 살꽃잎이 먼지라면,

엄마가 그랬듯이
나도 아이들도 다
엄마의 몸에서 떨어진 한 톨 먼지다

날개를 달고

엄마는 하늘로

자식들은 서울로 부산으로 청주로

날아갔다

가끔씩 모였다 흩어지는 먼지들

이승은 저승을 향해 지우다

한 줌 먼지로 날아갈 몸

먼지는 매일 내려앉으며

날아오르는 법을 배운다

빛이란 무엇인가? 뉴턴은 빛이란 수많은 알갱이들로 구성되어 있는 입자라고 말한 바가 있고, 맥스웰은 빛이란 파동, 즉, 전자기파라고 말한 바가 있다. 맥스웰의 전자기파 이후 뉴턴의 입자설은 그 영향력을 상실한 것도 같지만, 그러나 전자기파를 실어나르는 '에테르' 역시도 입자라고 하지 않을 수가 없다.

김선옥 시인의 「먼지」는 '인간 존재론'이며, '우리는 먼지로 태어나서 먼지로 돌아간다'는 사실을 노래한 수작이라고 할 수가 있다. 그 옛날의 교황의 왕관을 떠받쳐주던 것은 신앙이었지만, 오늘날의 교황의 왕관을 떠받쳐주는 것은 돈(황금)이라고 할 수가 있다. 만인은 신 앞에서 평등하지 않고, 돈 앞에서 평등한 것이다. 아니, 만인은 돈 앞에서 평등한 것이 아니고, 돈을 소유한 힘 앞에서 평등한 것이다. "돈을 소유하고 있느냐/ 아니냐?"에 따라서 다양한 계급과 계층으로 나누어지고, 따라서 자기 자신의 사회적 위치와 신분에 따라서 더욱더 많은 돈을 벌기 위하여 안간힘을 쓰다가 죽어가게 되어 있는 것이다. 물론, 돈도 하나의 입자이고 빛이지만, 그러나 우리 인간들이 늘, 항상 망각하는 것은 그 모든 소망과 꿈과 희망이 다만 한 톨의 먼지이고 빛이라는 사실일 것이다.

"이불을 턴다/ 공중으로 날아오르는 먼지들", 그 먼지들이 오늘도, 지금 이 순간에도 "햇빛 속에서 날개를 번득인다." "내 몸의 일부였던/ 저울 눈금에도 없는 먼지", "엄마가 그랬듯이/ 나도 아이들도/ 엄마의 몸에서 떨어진 한 톨의 먼지"였던 것이다. 자유라는 먼지, 평등이라는 먼지, 사랑이라는 먼지, 돈이라는 먼지, 명예라는 먼지, 권력이라는 먼지, 공산주의라는 먼지, 자본주의라는 먼지 등, 이 세상의 그 모든 것들은 단 한 톨의 먼지에 불과하지만, 우리 인간들은 이 먼지들을 더욱더 많이 소유하기 위하여 지금도, 이 순간에도 살인, 강도, 강간, 사기, 사랑, 치정, 이혼, 신앙, 예배, 제사, 복종 등의 다양한 싸움들을 벌여보지만, 이 최종적인 결말은 한 톨의 먼지로 돌아가게 되어 있는 것이다. 요컨대 "날개를 달고/ 엄마는 하늘로" 날아갔고, "자식들은 서울로 부산으로 청주로/ 날아"가게 되어 있었던 것이다.

우리 인간들은 모두가 다같이 "가끔씩 모였다가 흩어지는 먼지들"에 불과하고, "이승"에서 "저승을 향해" 한 줌의 먼지로 날아갈 몸에 지나지 않는다. 이 세상의 삶이란 무엇인가? 먼지로 왔다가 먼지로 돌아가는 것이다. 돈과 명예와 권력도 한 줌의 먼지이고 빛이고, 모든 소유권과 특허권과 상표권도 한 줌의 먼지이고 빛이다. 즐겁고 기쁜 것도 먼지의 움직임에 불과하고, 괴롭고 슬픈 것도 먼지의 움직임에 지나지 않는다. 이 세상의 모든 축제는 먼지의 축제이고 빛의 축제이며, 우리 인간들은 날이면 날마다 아버지와 엄마처럼 하늘로, 하늘로 날아가는 「먼지」의 삶을 살고 있는 것이다. 이 세상의 근본물질은 먼지(빛)이고, 한식에 죽으나 청명에 죽으나, 10살에 죽으나 500살에 죽으나 그 어떤 차이도 없는 것이다.

소위 고소 고발전이 문전성시를 이루고 있는 현대 사회가 더 좋은 사회인가? 고소 고발이 거의 없는 신용사회가 더 좋은 사회인가? 그것은 두말할 것도 없이 고소 고발이 거의 없는 신용 사회가 더 좋은 사회라고 할 수가 있지만, 그러나 모두가 다같이 문명과 문화의 혜택 속에서 저마다 수많은 가면들을 쓰고 골육상쟁의 소송전을 연출해내면서 살아간다.

　이 고소 고발의 소송전은 자본주의 사회의 생존 양식인데, 왜냐하면 컴퓨터와 스마트폰과 인공지능이 등장할 때마다 수많은 지적 재산권들이 등장했고, 이 지적 재산권을 둘러싸고 남녀노소, 부모형제 따질 것도 없이 천하무적의 전사가 되어가지 않을 수가 없었던 것이다. 참으로 한심하고 가소롭기 짝이 없는 소송전이고, 한 줌의 먼지에서 한 줌의 먼지로 돌아간다는 사실을 망각한 우리 인간들의 너무나도 어리석고 파멸적인 우행이라고 하지 않을 수가 없다.

　먼지와 먼지의 대폭발―. 우리 인간들과 모든 생명체들의 조송 소리와도 같은 소송전이라고 하지 않을 수가 없다.

강현숙

解氷期

어디선가 밥 끓어오르는 소리 들리는지
어디선가 제대로 사랑하지 못한 이의 가슴 끓는 소리 들
리는지

겨울 산 아침, 해 뜨는 소리 들리나,
겨울나무 사이로 서걱거리는 바람 소릴 들었지

멀리 놓아 보내준 그리운 것들이
돌아와 들판의 흔들리는 꽃으로 핀다면,

그렇다, 누군가를 사랑하는 소릴 들어본 적 있는지
누군가에게로 가는 미세한 떨림의 소리는
먼 망설임일까,

겨울 산에 올라 만나는 아침의

먼 소리,
먼 산,

그리운 소리는
찬 겨울 산의 침묵이었다
언 침묵을 뚫고 나오는,

눈 덮인 나뭇가지와 가지
사이의
눈이 옮겨가는 소릴 들은 적 있는지,

오래 깊이 들여다보지 말자
소리의 우물을,

정적만이 남아 있다
흰 고요만이 남아 어루만지는 아침,

우리는 여기를 떠나갈 것이다

解氷期에 눈을 뜨면,
당신은 다른 곳에 가 있다

모든 생명체의 근본물질은 물이고, 물은 대부분의 생명체들의 70%를 차지하며, 그 생명체를 생명체로 살아 움직이게 한다. 물은 모든 생명체들의 근본물질이기는 하지만, 이 물만큼 천의 얼굴을 지닌 물질도 없을 것이다. 물은 샘물이나 강물처럼 액체로도 존재하고, 수증기나 안개처럼 기체로도 존재하며, 물은 얼음이나 눈처럼 고체로도 존재한다. 샘물도 수돗물도 될 수가 있고, 강물도 바닷물도 될 수가 있다. 지하수도 광천수도 될 수가 있고, 붉디 붉은 피와 수액이 될 수도 있다. 이슬방울과 빗방울이 될 수도 있고, 독극물과 증류수도 될 수가 있다. 물은 이처럼 천변만화하는 특질을 지니고 있고, 모든 생명체들의 생사여탈권을 움켜쥐고 있다고 할 수가 있다.

빙하기란 어떤 생명체도 살 수가 없는 암흑기를 말하고, 해빙기란 얼음이 녹고 만물이 태어나는 시기를 말한다. 천체물리학이란 우주의 이치를 탐구하는 학문을 말하지만,

천체물리학의 가장 중요한 관심사는 지구 이외에 어떤 생명체가 살고 있느냐에 있다고 할 수가 있다. 요컨대 지구 이외에 어느 별에 얼음이 아닌 물이 있으며, 과연 우리 인간들이 외계의 행성으로 이주하여 살 수 있는가에 그 관심이 집중되어 있는 것이다. 스티븐 호킹은 인간보다도 더 고등한 동물이 살고 있다고 역설한 바가 있지만, 그러나 그것보다는 만물의 모태인 물이 있는가, 없는가가 더 중요한 관심사라고 하지 않을 수가 없다.

수천 억 개의 별들이 존재하는 우주가 어떤 법칙으로 이루어졌는지도 알 수가 없고, 오늘날과도 같은 자연과학이 발전된 시대에도 천체물리학이란 이제 마악 그 첫걸음을 내딛고 있는 신학문이라고 할 수가 있다. 하지만, 그러나 이 지구촌의 모든 생명체들과 봄과 여름과 가을과 겨울, 동서남북과 산과 들과 바다와 사막, 그리고 지구촌의 하늘과 땅은 상호 간에 아무런 관련성도 없어 보이지만, 그러나 자연의 이치에 따라서 그것이 예정조화이든지, 투쟁 속의 조화이든지 간에, 상호 간에 긴밀하게 연결되어 있다고 할 수가 있다. 봄이 지나면 여름이 오고, 여름이 지나면 가을이 온다. 가을이 지나면 겨울이 오고, 겨울이 지나면 봄이 온다. 겨울은 만물이 잠을 자는 빙하기(휴식기)이고, 이 빙하기마저도 자연의 법칙에 따라 해빙기에 그 지위를 양도하게 된다. 진정 이 세상에 빙하기가 있다면 그 어떤 생명체도 살 수가 없고, 따라서 이 세상의 그 어떤 삶도 가능하지가 않게 된다. 우리가 말하는 빙하기란 사계절의 운행 속에 해빙기가 예정되어 있는 빙하기이며, 따라서 이 세상에서는 수많은 생명체들이 탄생과 소멸을 거듭하며 수많은 총천연색의 연극무대가 펼쳐지게 된다.

만물이 태동하는 봄, 어디선가 밥 끓어오르는 소리도 들려오고, 어디선가 제대로 사랑하지 못한 이의 가슴 끓는 소리도 들려온다. 겨울 산, 아침 해 뜨는 소리도 들려오고, 겨울나무 사이로 서걱거리는 바람 소리도 들려온다. "겨울 산에 올라 만나는 아침의/ 먼 소리"는 "누군가를 사랑하는 소리"였을 것이다. "멀리 놓아 보내준 그리운 것들이/ 돌아와 들판의 흔들리는 꽃으로 핀다면" 그 무엇을 더 바랄 것도 없을 것이다. 그리운 소리는 "찬 겨울 산의 침묵"이었고, 그 얼어붙은 침묵을 뚫고 나오는 소리는 그러나 내가 사랑하는 그리운 이의 소리가 아닐 것이다. 왜냐하면 겨울 산 "흰 고요만이 남아 어루만지는 아침"에 "우리는 여기를 떠나갈 것"이고, "解氷期에 눈을 뜨면/ 당신은 다른 곳에 가 있을" 것이기 때문이다.

강현숙 시인의 「解氷期」는 만물이 태동하는 시기를 말하고, "눈을 뜨면/ 당신은 다른 곳에 가 있다"라는 시구에서처럼, 우리들의 사랑은 이루어지지 않는다는 것을 노래한 시라고 할 수가 있다. 꿈도 환영이고 신기루이고, 희망도 환영이고 신기루이다. 사랑도 환영이고 신기루이고, 그리움도 환영이고 신기루이다. 꿈과 희망이 실체가 있고, 사랑과 그리움도 실체가 있다면, 이 세상의 삶의 연극무대는 영원히 그 막을 내리게 될 것이다. 꿈과 상실, 희망과 절망, 사랑과 혐오, 그리움과 미움 사이에서 우리들의 연극무대는 펼쳐지고, 보일 듯이 보이지 않고, 잡힐 듯이 잡히지 않는 그 불가능성 때문에 이 세상의 연극무대는 펼쳐진다.

　　해빙기에 눈을 뜨면 당신은 다른 곳에 가 있고, 당신이 눈을 뜨면 나는 다른 곳에 가 있다.

　　모든 예술은 이데아의 향연이자 그 불가능성의 향연(절규)이다.

박정란

유효기간

아파트 옆 노인 쉼터 앞
허옇게 바랜 파란 화분 하나
귀퉁이 잘린 채 버려져 있다

산목숨 버리지 못해
버티고 서 있는 행운목
혈액이 안 돌아 잎은 누렇게 시들고
햇살 보듬고 목숨 지탱하고 있다

젊은 날은 나도 한때 잘 나갔지
사랑도 받았고
새끼도 낳아 분양해 주고
향기 나는 꽃도 피웠었지

낡은 스웨터 추레한 모습으로

유효기간 지난 영양제 한 알 털어 넣고
혹시나 자식 한 놈 찾아와줄까
누가 말동무라도 해줄까

정신줄 붙잡고
지막골 골목에 앉아 있는 저 여인

📖

아침해가 아름다운 것은 어둠을 뚫고 가장 찬란하고 화려하게 새날의 시작을 알려주기 때문이고, 저녁노을이 아름다운 것은 하루의 일과가 끝나고 가장 찬란하고 화려하게 그 마지막 불꽃을 피우고 있기 때문이다. 오늘은 저녁노을로 완성되고, 내일은 저녁노을로 시작된다. 살아가야 할 때와 죽어가야 할 때를 안다는 것처럼 가장 자연스럽고 소중한 것도 없다. 겨울이 너무 길고 봄이 짧다면 어떻게 되고, 가을이 너무 길고 겨울이 오지 않는다면 어떻게 될까? 꽃이 아름다운 것은 곧 열매를 맺기 때문이고, 단풍이 아름다운 것은 곧 나뭇잎의 일생을 마감해야 하기 때문이다.

늙고 병들어도 죽지 않는다는 것, 오래오래 살며 그 엄청난 복지비용과 천연자원을 낭비하는 것처럼 더럽고 추잡스러운 것도 없다. "아파트 옆 노인 쉼터 앞/ 허옇게 바랜 파란 화분 하나"도 볼썽사납고, "산목숨 버리지 못해/

버티고 서 있는 행운목"도 볼썽사납다. "너희들은 늙어봤
냐/ 나는 젊어 봤단다"라는 어느 유명 가수의 노래도 있지
만, "젊은 날은 나도 한때 잘 나갔지/ 사랑도 받았고/ 새끼
도 낳아 분양해 주고/ 향기 나는 꽃도 피웠었지"라는 말처
럼 상투적이고 허무맹랑한 소리도 없다.

　현대의학과 영양제에 의지한다는 것, 즉, 수명연장의 삶
은 오래 산다는 것이고, 오래 산다는 것은 "낡은 스웨터 추
레한 모습으로/ 유효기간 지난 영양제 한 알 털어 넣고/ 혹
시나 자식 한 놈 찾아와 줄까/ 누가 말동무라도 해줄까",
"정신줄 붙잡고/ 지막골 골목에 앉아 있는 저 여인"과도 같
은 삶에 지나지 않는다. 살아야 할 이유와 이 세상의 삶의
권리도 다 잃어버렸고, 새로운 꿈과 희망도 없다. 오래 산
다는 것은 그 엄청난 복지비용과 천연자원을 낭비하는 것
이고, 제때에 죽는다는 것은 우리 젊은이들에게 숨통을 터
주고, 아름답고 깨끗하게 자연으로 돌아가는 것이다.

　현대사회의 가장 큰 문제는 장수만세이며, 어느 누구도
이 장수만세의 재앙을 퇴치할 생각이 없다는 것이다. 장수
만세는 축복이 아닌 재앙이며, 유효기간이 지난 영양제라
고 할 수가 있다.

　인간은 동물이나 식물처럼 자기 자신의 행복을 연주하

지 못하는 가장 불쌍하고 비참한 존재이다. 동물이나 식물이 현대의학과 영양제에 의지한다면 어떻게 되고, 동물이나 식물이 더욱더 오래 살고 싶어 미래의 후손들의 앞날을 가로막는다면 어떻게 될까? 만물은 모두가 다같이 저마다의 타고난 수명이 있고, 이 수명에 따라 자연스러운 순리의 삶을 살아간다.

장수만세는 재앙이고 악이며, 제때에 죽는다는 것은 축복이고 최고의 선이다. 어느 누구도 늙고 병들고 더럽고 추하게 사는 것을 원하지 않는다. 모든 국가와 모든 국제기구는 하루바삐 인간수명제(존엄사 제도)를 실시하고, 아름답고 깨끗한 삶을 살게 해주지 않으면 안 된다.

일일삼성―日三省―. 반성과 성찰은 모든 성인군자들의 가르침이기는 하지만, 어느 누구도 반성과 성찰을 제대로 하지 않는다. 장수만세는 우리 인간들의 탐욕의 극치이며, 반자연적인 대재앙의 신호탄이라고 할 수가 있다.

모든 것이 가능한 이 세계가 가장 좋은 세계가 아니라, 「유효기간」이 지난 삶이 가장 나쁜 것이다.

김충경

마우스 패드에는 쥐가 살고 있다

구입한 지 10년이 넘은
컴퓨터 마우스 패드 위에 쥐가 살고 있다

주인의 심중 따라 하루 종일 움직이다
밤이 되면 검은 눈망울 지그시 감고
잠시 숨을 고르는 생쥐 한 마리

밥도 안 주고 월급도 안 줘도
하루 종일 눈 깜박거리며
전깃줄 한 가닥에 묶여
주인 손아귀 벗어나지 못하고 있다

싫다는 말 한번 못하고
기껏해야 패드에 남긴 수많은 발톱 자국
다람쥐 쳇바퀴 돌 듯 한 뼘 공간에서 맴돌고 있다

지난한 삶을 이야기하고 있는 것처럼

나도 '가장家長'이란 주인의 명령에 따라
쉬지 않고 움직이는 생쥐로 일생을 살아왔다

패드에 몸을 뉘고 있는 생쥐를
온기 가득한 손바닥으로 어루만져 본다
주름지고 윤기를 잃어 까칠하다

그래,
너나 나나 별반 다르지 않는 인생이구나

* 전남 진도 서거차도와 맹골군도 사이를 지나는 바닷길로 물살이 빠르
  고 거세기로 소문난 곳이며, 2014년 4월 인천과 제주를 운항하던 세
  월호가 이곳에서 침몰했다.

생명이 생명을 먹는다는 것은 원죄가 되고, 이 원죄의식을 통해 속죄를 하며, 모든 생명체들에게 고마움과 감사함을 표하는 것이 '시인―부처의 길'이라면, 오늘날은 이 '시인―부처의 길'과는 너무나도 다르게, 소위 '자본가―악마의 길'이 그 모든 권력을 다 장악하고 있다고 할 수가 있다. 정상과 비정상, 정의와 불의, 부자와 가난한 자들을 결정하는 것은 자본가들이며, 그 결과, 죄도 없이 죄를 짓고 한평생 감옥에서 강제노역의 삶을 살고 있는 것이다. 컴퓨터와 스마트폰과 인공지능은 악마가 만든 걸작품이며, 어느누구도 이 자본가들의 전면적인 감시체제와 그 노역의 사슬을 벗어날 수가 없다. "컴퓨터 마우스 패드 위에 쥐가 살고" 있고, "밥도 안 주고 월급도 안 줘도/ 하루 종일 눈 깜박거리며/ 전깃줄 한 가닥에 묶여/ 주인의 손아귀에서 벗어나지 못"한다. "싫다는 말 한 번 못하고/ 기껏해야 패드에 남긴 수많은 발톱 자국/ 다람쥐 쳇바퀴 돌 듯 한 뺨 공간에서 맴"돈다. 너도 "가장家長이란 주인의 명령에 따라"
"쉬지 않고 움직이는 생쥐"처럼 살아왔고, 나도 "가장家長
이란 주인의 명령에 따라" "쉬지 않고 움직이는 생쥐"처럼
살아왔다. 작업현장에서 일을 해도, 밥을 먹고 소주 한 잔
을 마셔도 자본가들이 이익을 다 챙겨가고, 영화구경을 가
도, 야구구경을 가도 자본가들이 이익을 다 챙겨간다. 자
동차를 타도, 비행기를 타도 자본가들이 이익을 다 챙겨가
고, TV를 시청해도, 컴퓨터로 물건을 사고 팔 때에도 자본
가들이 이익을 다 챙겨간다. 너무나도 완벽한 감시와 관리
체제, 너무나도 완벽한 강제노역과 착취체제—, 이처럼 너
무나도 완벽한 인간에 의한 인간 착취와 희생을 강요하는
것은 자본가들이고, 어느 누구도 이 '컴퓨터'라는 '맹골수도
의 법칙'에서 빠져나갈 수가 없다. "패드에 몸을 뉘고 있는
생쥐를/ 온기 가득한 손바닥으로 어루만져" 보지만 그러나
그와 나는 조금도 다를 것이 없다.

자본의 법칙은 맹골수도*의 법칙이고, 인간에 의한 인간
착취와 그 희생만을 강요하는 자본주의의 미래는 참으로
암울하고 참담하기만 하다. 엘리뇨와 라니냐에 의한 대참
사, 수많은 지진과 화산폭발, 점점 더 뜨거워지는 지구와
생태환경의 파괴 이외에도 인간보다도 천 배, 또는 만 배

나 더 뛰어난 인공지능의 등장은 오직 단 하나의 법칙, 즉, 최고 이윤의 법칙에 따라 이제까지의 인간의 역사와 전통, 그 모든 가치들을 다 파괴시키고, 곧 가까운 시일 내에 지구촌을 대폭발시키고 말게 될 것이다.

자본의 법칙은 맹꼴수도의 법칙이고, 무서워하는 사람들과 무서워하는 사람들이 모여서, 서로가 서로를 잡아먹지 못해 너무나도 사납고 험상궂게 짖어댄다.

이병국
냉담

두 손을 모을 땐
낯선 이와 인사를 하거나 연인과 깍지를 끼거나
로또를 맞출 때

처음 보는 이의 손이 따뜻해서 깍지를 끼고 싶었다 그러
려면 로또에 맞아야 했고

낙첨된 종이로 배를 접어 띄우면
욕조가 없어도 평온했다 쏟아지는 물줄기에 솎아지는
운은 불쾌하지도 않았고

넘지 못할 문턱이 없어 으슥함을 으쓱하고 돌아설 수 있
다 침대가 여기에 있다 누워 뒹굴 수 있다 쉽게 까먹을 수
있다 하루를 이틀을 일생을

나가려면 나갈 수 있다 거울을 보고 매무새를 점검할 수
있다 뒤통수에 매달린 창문을 열어젖힐 수 있지만
　고해소 창문 너머로 누군가의 죄를 목격한 이후로 나는
나에게만 말한다 한 손을 가슴에 얹고
　말씀을 듣는다

　엉망진창이구나
　괜한 헛심 쓰지 말아라

　사람이거나 귀신이거나 손을 생각하지 않는다

　두 손을 모아 버릴
　쓰레기통만 찾으면 될 일이다

📖

　책을 읽지 않는 자는 두 눈이 퇴화되어 앞을 못 보는 봉사와도 같고, 세계적인 고전을 읽어도 무슨 책인지 제대로 이해하지 못하는 자는 자기 발전이 전혀 불가능한 백치와도 같다. 책을 읽을 때마다 저자와 무수한 대화를 나누며 자기 자신의 사상과 이론을 정립할 수 있는 사람만이 전 인류의 스승이 될 수가 있다.

　타인의 사상과 이론에만 의존하는 것은 로또복권의 당첨을 바라는 것처럼 허망하고, 자기 자신의 사상과 이론을 정립하는 것은 언제, 어느 때나 젖과 꿀이 솟아나오는 문전옥답을 가꾸는 것과도 같다. 타인의 사상과 이론은 그것이 제아무리 훌륭하고 만인들의 존경과 찬양을 받고 있다고 하더라도 자기 자신의 자갈밭만도 못한데, 왜냐하면 자기 자신의 사상과 이론만에서만이 젖과 꿀(진리)이 솟아나오기 때문이다.

일찍이 독일의 '철의 재상' 비스마르크는 서양의 제국주의자들의 식민지 쟁탈전을 스포츠보다 더 멋진 경기라고 역설한 바가 있다. 왜냐하면 식민지 쟁탈전은 짐승 사냥이 아닌 인간 사냥이라는 게임이었기 때문이다. 서양의 제국주의자들, 즉, 기독교인들은 백인 우월주의에 사로잡혀서 "문명인과 야만인의 차이는 인간과 짐승의 차이보다도 더 크다"라고 생각하며, 제3세계인들을 그야말로 무차별적으로 학대하고 살해를 해버렸던 것이 그 사실을 증명해주고도 남는다.

우리 한국인들, 즉, 우리 남한인들은 단군, 왕건, 광개토대왕, 세종대왕보다도 여호와, 예수, 아브라함, 이삭, 야곱, 마리아를 더욱더 좋아하며 그 어떤 책보다도 유태인들의 잡설을 성경이라고 부르며, 유태인, 혹은 미국인이 되지를 못해서 환장을 한다. 단군 시조의 개천절보다도 예수 그리스도의 생일파티를 더욱더 좋아하며, 서구의 제국주의자들의 식민지 쟁탈전을 더없이 고맙고 감사하게 생각한다.

파블로 피카소의 「한국에서의 학살」을 보면 세계적인 대작가로서의 미제국주의자들에 대한 분노를 읽을 수가 있지만, 그러나 우리 한국의 기독교인들은 파블로 피카소의 「한국에서의 학살」마저도 세계적인 명화라고 너무나도 감격하고 기뻐서 눈물을 흘리게 될 것이다. 예스 그리스도의 이름으로 한반도를 점령하고, 임산부와 그토록 착하고 순진한 여인들과 어린아이들마저도 무차별적으로 학살을 한 미국인들의 만행을 보고서도 도대체 어떻게 그토록 감격하고 기뻐할 수가 있단 말인가? 공산주의와 자본주의와 민주주의가 무엇인지도 모르는 우리 한국인들을 좌익과 우익으로 쫘악 갈라놓고, 남북전쟁을 통하여 대한민국 전체를 쑥대밭으로 만들었던 미제국주의자들의 만행이 그토록 거룩하고 성스러운 세계적인 사건이었단 말인가? 미국인들의 한국에서의 대학살과 남북전쟁과 남북분단의 만행의 최대 수혜자는 우리 기독인들이었고, 우리 기독교인들은 그 고마움과 감사함의 표시로 단군 시조의 목을 비틀고 대한민국의 오천 년의 역사와 전통을 모조리 쑥대밭으로 만들고 있다고 하지 않을 수가 없다.

주 예수 그리스도와 성모 마리아와 여호와는 우리 한국인들의 몸에 맞지 않는 옷이며, 우리 한국의 기독교인들은 자기 자신의 역사와 전통은커녕, 미국인들의 텃밭에서 피와 땀을 흘리는 노예들(사대주의자들)에 지나지 않는다. 로토복권에 당첨되면 "욕조가 없어도 평온"하고, "넘지 못할 문턱이 없어 으슥함을 으쓱하고 돌아설 수"가 있다. 침대도 여기 있고, 누워 뒹굴 수도 있고, 하루, 이틀, 일생을 빈들빈들 배부른 노예처럼 행복하게 살 수도 있다.

로또복권은 당첨도 어렵지만, 그 사행심을 통하여 대성공했다는 사람을 들어본 적이 없다. 사대주의는 제국주의자들에게 간도, 쓸개도 다 빼어주는 짓이지만, 그 사대주의를 통해서 '일등국가와 일등국민의 나라'를 건설한 예도 없다. 자기 자신의 역사와 전통으로 언어의 밭을 가는 국민들은 지상낙원을 건설할 수가 있지만, '주 예수 그리스도를 찬양'하는 우리 한국인들은 천년, 만년, 분단국가의 원주민으로서 미국인(유태인)의 노예가 될 수밖에 없다.

사상과 이론, 즉, 전 인류의 양식은 자기 자신의 역사와 전통을 잘 지킬 때 그 결실을 맺을 수가 있지만, 예수 그리스도를 외치며 천년, 만년 '할렐루야'를 외쳐보았자 우리 한국인들의 비극과 파멸만이 있을 뿐인 것이다.

예수 그리스도는 로또복권이 되고, 하늘나라의 천국은 우리 한국인들의 지옥이 된다.

이병국 시인의 시에서처럼 진리는 냉담하고, 또 냉담하다.

"엉망진창이구나/ 괜한 헛심 쓰지 말아라." "사람이거나 귀신이거나 손을 생각하지 않는다." "두 손을 모아 버릴/

쓰레기통만 찾으면 될" 것이다.

이병국 시인의 「냉담」은 우리 기독교인들의 사대주의를 가리키고, 그것의 결말은 쓰레기통으로 버려진다.

진정한 사상가의 글은 자기 자신의 붉디 붉은 피로 쓴 만큼 맑고 깨끗하고, 언제, 어느 때나 그 유장한 흐름을 멈추지 않는 강물과도 같다. 너무나도 분명하고 명확하게 그 사상과 이론을 전개하는 솜씨는 만인들과 하늘마저도 감동시킨다. 진정한 사상가는 일확천금을 바라지 않기 때문에 조금도 부끄러워하지 않고, 만인들의 반대 방향에서, 새로운 사상과 이론을 전개하기 때문에, 백두산 천지처럼 신선하고 충격적이다.

이에 반하여, 일확천금만을 바라는 이 땅의 우리 학자들은 타인들의 문전옥답만을 기웃거리는 불량배와도 같고, 바로 그렇기 때문에, 그 모든 것이 허무맹랑하고 공허한 말장난에 그치게 된다. 그의 텃밭에서는 그 어떠한 사상과 이론, 즉 진리의 싹도 자라날 수가 없고, 끝끝내는 우리 한국의 예수쟁이들처럼 사대주의자로서 그 비참한 일생을 마치게 된다. 우리 기독교인들의 언어는 동정녀 마리아가 전지전능한 여호와의 애를 낳은 것처럼 낡을 대로 낡았고,

이 사대주의 텃밭은 '표절밭'이라는 이름을 지울 수가 없게 된다.

려원
내가 가장 좋아하는 말

내가 만든 포도밭 말랑말랑한 포도송이가 말캉말캉 포
도푸딩
이야기가 되어 넝쿨 뻗어나가지요

내가 가장 좋아하는 말 우리가 설계한 와인너리 카페에
포도향기 은밀하게

참 예쁘지요

우리라는 말과 함께

한 잎의 예쁜 말 한 마디만으로도 충분히 과일향기 짙어
오는
우리들의 솜사탕
하얀

웨딩드레스를 입어볼래요

우리들만의 예쁜 꽃말로 입술 간질여서 나쁠 거야 없지
요
사라지는 날갯짓 푸드득
마음 움직여

마을엔 온통 발자국 찍히는 전설

시베리아 설원 곳곳에 하얀
눈꽃 피우지요
눈송이처럼 푸른 씨앗을 바람에 떨구지요

눈물처럼 춥다가도 어느새
자작나무 희디흰 옷차림은 눈부신 말씀이 되어 태어나
지요
포도향기 풍기며

우리 에어 브러쉬 키스할까요?

우리가 만든 낱말을 모두 바람에 날리고

우리가 만든 세상의 모든 별사탕이 입안에서 한꺼번에

단물 쏟아낼 때까지

풀과 나무 등, 모든 식물들의 꽃은 모두가 다같이 아름답고 향기로우며, 그 꽃들이 식물의 생식기관이라는 사실조차도 잊게 만든다. 꽃들의 아름다움과 향기에 취해서, 모두가 다같이 벌과 나비들처럼 사뿐사뿐 춤을 추며 걸어다닌다. 벌과 나비들의 채밀 행위가 사실은 식물들의 성교 행위라는 사실도 잊으면서, 마치 꽃동산의 세계는 이 세상이 아닌 '천국의 세계'라고 착각을 하기도 한다.

하지만, 그러나 모든 동물들의 생식기는 더없이 더럽고 음탕하게 생각하며, 삶에의 의지의 가장 구체적 표현인 남녀 간의 성교는 그 말조차도 함부로 하지 못하게 한다. 남녀 간의 성교는 사랑이란 말로 부르며, 이 사랑이라는 말로 그 더럽고 음탕한 행위를 은폐한다. 따지고 보면 남녀 간의 생식기는 '인간의 꽃'이며, 종의 번영과 행복의 결정체라고 할 수가 있다.

려원 시인의 「내가 가장 좋아하는 말」은 "참 예쁘지요"와

"우리"라는 말이 "내가 만든 포도밭 말랑말랑한 포도송이"가 되어 "이야기"의 "넝쿨로 뻗어" 나가면 벌써 "우리가 설계한 와인너리 카페에/ 포도향기가 은밀하게" 퍼져 나온다. "한 잎의 예쁜 말 한 마디만으로도" "과일향기가 짙어" 오고, "우리들의 솜사탕" 같은 사이는 벌써 "하얀// 웨딩드레스를" 입게 된다.

"참 예쁘지요"와 "우리"라는 말은 어느덧 꽃잔치가 되고, 우리는 "우리들만의 예쁜 꽃말로" "마을엔 온통 발자국 찍히는 전설"을 기록하게 된다. 상상 속의 꽃잔치는 어느덧 결과가 되고, 이 결과는 머나먼 과거의 전설이 된다. 려원 시인의 「내가 가장 좋아하는 말」은 꽃잔치가 되고, 이 꽃잔치-말잔치는 "시베리아 설원 곳곳에/ 하얀/ 눈꽃"을 피우고, "눈물처럼 춥다가도 어느새/ 자작나무 희디흰 옷차림은 눈부신 말씀이 되어 태어"난다.

상상의 세계는 아름답고, 상상의 세계는 그 모든 것을 다 가능하게 만든다. 과거와 현재를 토대로 하여 미래를 예측하는 상상, 머나먼 미래를 현실화시키고, 이 현실화된 미래를 과거의 전설로 구축하는 상상 —. 모든 상상의 원동력은 그 주체자의 지식이며, 려원 시인은 그 상상력으로 '미래의 부부', 즉, '아버지와 어머니의 역사'를 이처럼 고귀하고 아름답게 써나가고 있는 것이다.

"우리 에어 브러쉬 키스할까요?" 이 세상의 모든 별들이 별사탕이 되고, 이 사랑의 역사가 말잔치와 꽃잔치로 하늘을 감동시키고, 모든 사람들을 벌과 나비처럼 날아다니게 만든다.

모든 인간의 역사는 사랑의 역사이며, 사랑의 역사는 「내가 가장 좋아하는 말」로 쓴 기적의 역사가 된다. 이 말잔치와 꽃잔치 앞에서는 모든 고뇌와 슬픔과 장애물들이 다 녹아내리고, 우리들의 행복과 번영을 약속하게 된다. 사랑은 천하무적의 황제이며, 이 사랑 앞에서는 모두가 다같이 '살신성인의 특공대'가 된다.

"연애를 해본 자로서 첫눈에 반하지 않을 자가 있을까" 라는 셰익스피어의 말이 있다. 사랑은 어느 한 사내, 또는 어느 한 여인을 얻는 것을 지상 최대의 목표로 생각하게 하고, 사랑은 그 주체자들의 이성과 감성을 마비시킨다. 사랑의 주체자는 온통 황홀함에 빠져서 천하를 다 얻은 것처럼 기뻐하게 되지만, 그러나 그 사랑을 잃게 되면 크나큰 슬픔에 잠겨 이 세상에 대한 삶의 의지를 잃고, 심지어는 단 하나뿐인 목숨까지도 끊어버리게 만든다. 사랑은 모든 시와 노래와 소설의 주제가 되고, 이에 반하여, 사랑은 모든 치정극이나 막장극의 악질적인 사주자가 되기도 한다. 사랑은 종족에의 의지가 개인의 탈을 쓰고 나타난 것일 뿐, 그 어떤 의지도 종족에의 의지보다 우선하는 것은 없다. 따지고 보면 사랑과 불륜은 우리 인간들이 인위적으로 만든 관습일 뿐, 사랑 그 자체와는 아무런 관련이 없다. 꿈과 희망과 기대와 환상과 증오와 질투와 시기와 중상모략과 배신과 살인과 강간 등이 없는 사랑은 없으며, 모든 사랑은 치정극이나 막장극이 있기 때문에 그 생명력을 얻게 된다. 아무튼 사랑은 우주적인 대사건이며, 그 주체자는 모든 욕망과 사리사욕을 다 버리고, "내가 가장 좋아하는 말", 즉, "가장 좋은 꽃말"로 대서사시의 세계를 창출해 내게 된다.

려원 시인의 「내가 가장 좋아하는 말」은 모든 사랑의 기원이고, 이 말잔치와 꽃잔치를 통해서 우리 인간들의 대서사시와 그 아름답고 행복한 세계는 영원히 계속된다.

송영숙
근황

나비 한 마리 배롱나무 맨다리에
배롱나무 바보라고 쓴다
배롱나무 몸 비틀며 간지럽다고 웃는다

배롱나무의 웃음은 슬픔

나비는 말을 안 한다
나비는 욕을 모른다

나비만 아는 배롱나무의 언어

나비야 나비야 내친김에
곁눈 짓 그만하고
어떻게 지내는지 사연이나 길게 적어봐

배롱나무 간지러워 미쳐서 돌아가시게

순수예술은 자연과 사물을 그 어떤 목적도 없이 있는 그대로 즐길 수 있는 것을 말하고, 상업예술은 예술을 빙자하여 돈벌이에 그 목적을 두는 예술을 말한다. 자본주의 사회는 고대사회의 예술작품마저도 경제적 가치로 평가하는 사회이며, 따지고 보면 오늘날은 순수예술과 상업예술(대중예술)의 경계가 무너지고 그 모든 예술을 상업예술로 만들고 있다고 하지 않을 수가 없다.

하지만, 그러나 순수예술과 상업예술의 경계가 무너진 이 순간에도 상업예술이 침투할 수 없는 공간이 있으니, 그것은 동화의 세계와 일 자체가 기쁨이 되는 창작의 세계라고 할 수가 있다. 송영숙 시인의 「근황」은 동화 속의 자연, 아니, 자연 속의 동화를 순수미로 표현해낸 대단히 아름답고 뛰어난 걸작품이라고 할 수가 있다. "나비 한 마리 배롱나무 맨다리/ 배롱나무 바보라고" 쓰면, "배롱나무 몸 비틀며 간지럽다고" 웃는다. 나비 한 마리가 '배롱나무 바보'라는 말과 글자를 알 리도 없고, 배롱나무가 나비 한 마리의 유혹적인 희롱의 몸짓에서 '배롱나무 바보'라는 말과 글자를 읽을 리도 없다. 이 모든 것이 송영숙 시인이 나비한 마리와 배롱나무를 인간화시키고, 그들의 몸짓과 수작을 동화(자연)의 세계로 창출해낸 것이다.

나비 한 마리와 배롱나무는 인간의 언어도 모르고 경제학의 잣대로 모르니, 그만큼 순수하고 때 묻지 않았지만, 그러나 '배롱나무 바보'라는 나비 한 마리의 유혹적인 희롱에 배롱나무는 마냥 즐겁고 기쁘게 웃을 수가 없다. 배롱나무의 웃음은 그만큼 쓸쓸하고 허탈한 슬픔이지만, 그러나 나비는 말도 안 하고 욕도 모른다. 나비 한 마리의 유혹적 희롱은 거룩하고 순수한 사랑의 언어가 되고, 나비한 마리의 희롱에 배롱나무는 이렇게 대답한다. "나비야나비야 내친김에/ 곁눈 짓 그만하고/ 어떻게 지내는지 사연이나 길게 적어봐// 배롱나무 간지러워 미쳐서 돌아가시게"라고—. '배롱나무 바보'는 반어이고, '배롱나무 바보'는 배롱나무를 너무나도 사랑하는 나비의 더없이 부드럽고 달콤한 사랑의 밀어이기도 한 것이다. 요컨대 나비 한 마리와 배롱나무는 이처럼 전희前戲를 즐긴 것이고, 그 다음에, "배롱나무 간지러워 미쳐서 돌아가시게"는 성교의 절정, 즉, 대단원의 클라이막스를 뜻한다. 나비 한 마리는 수컷이 되고, 배롱나무는 암컷이 된다. 자연의 성교는 종과 종의 경계를 넘어선 성교이며,

티비에서 다섯 아이 엄마가 웃는다
아이 다섯의 아빠가 각각으로 다섯이란다
한 대 맞은 듯 몽롱하다
저쯤은 되어야 감히 사랑했다고
그때그때 충실했다고 말할 수 있지

저 젊은 엄마와
아이 다섯과
남편 다섯이
다 같이 소풍 가면 일처다부
거룩하여라 펄럭이는 치맛자락이여
울려라 둥둥둥 천둥 같이 북을 때려라

갈기를 나부끼며 우뚝 선
저 여전사의 졸개가 되고 싶어
등채를 쥐고 맨 앞에 서고 싶어

상모를 돌리며 날장구를 치고 싶어

— 「저쯤은 되어야」 전문

라는, 다섯 아이의 아빠가 다 다른, 다섯 아이의 엄마의 웃음처럼, 더없이 순수하고 때 묻지 않은 순수예술, 즉, 고귀하고 거룩한 사랑이다. 이 지상에서 가장 고귀하고 거룩한 사랑은 선악을 넘어선 사랑이며, 경제학의 법칙도 모르는 자연의 사랑이라고 할 수가 있다. 다섯 아이의 아빠가 다 다른 것이 그 어떤 문제가 되고, 나비와 벌떼들이 그 어떤 풀과 나무와 꽃밭에서 혼음을 하거나 이종교배를 한들 도대체 그것이 무슨 문제가 된단 말인가? 도덕이란, 성 윤리란 더럽고 추한 사랑, 즉, 이룰 수 없는 사랑의 기초가 되고, 선악을 넘어선 동화(자연) 속의 사랑이란 순수하고 때 묻지 않은 사랑, 즉, 이룰 수 있는 사랑의 기초가 된다. 사랑은 종교도 모르고, 사랑은 국경도 모른다. 사랑은 이념도 모르고, 사랑은 도덕도 모른다.

이희석

두루미처럼

다리 하나로 오랫동안 서 있을 때가 있다

목을 에스 자의 반대로 꺾고
눈은 먼 산에 맞추고
물 찬 논에 발목을 담근 그처럼

오지 않는 버스 기다리는 듯 서 있을 때가 있다
내 것 아닌 버스들이 섰다가 떠나고
사람들의 궁금증이 다가오고 눈총이 스쳐가고 담배 연
기가 도넛으로 떠다니고 은행나무는 구린내 나는 은행을
떨구었다

오전 내내 오후 내내
그러니까 하루 종일

아무도 나를 모르고 나도 그들을 모르는

그런 곳에서

그런 자세로

종일 서 있다 집에 오면

살림살이도 날 닮아 다리 하나로 서 있다

밥상이 다리 하나로

옷장도 다리 하나로

구피 세 마리가 사는 작은 어항도

다리 하나로 서서

나머지 다리는 언제 내려야 하냐고 묻듯

나를 본다

문득 두루미가 생각났다

그의 숨긴 다리가 궁금하다

두루미란 두루미목 두루미과에 속하는 대형 조류이며, 일명 학이라고도 한다. 학이란 신선이 타고 다니는 새이며, 천년을 살아가는 영물로도 잘 알려져 있으며, 우리 한국인들의 일상생활의 풍속과도 매우 깊은 관련이 있다고 할 수가 있다. 조선시대의 문관의 관복에는 학의 모습을 새겨 넣었고, 무관의 관복에는 호랑이를 새겨 넣었다고 한다. 왜냐하면 학은 고고한 선비의 기상을 뜻하고, 호랑이는 천하무적의 용기를 뜻하기 때문이다. 학이란 십장생의 영물이며, 이상적인 선비의 기상과 함께, 부귀영화의 상징이라고 할 수가 있다. 고려시대의 학은 날개를 쫘악 펼치고 다리를 수평으로 쭉 뻗치고 있는 모습을 하고 있고, 조선시대의 학은 날개의 윗부분과 다리가 맵시 좋게 약간 구부러진 형태를 취하고 있다. 이처럼 학은 시와 그림과 의복의 중요한 소재로도 다루어져 왔지만, 아무튼 '군계일학群鷄一鶴'이란 '새 중의 새', 즉, '선비 중의 선비'로서 모든 인간들의 존경과 찬양을 받아 왔다고 할 수가 있다.

　하지만, 그러나 이희석 시인의 「두루미처럼」은 '학의 기상'이 사라진 현대사회의 음화를 반영하고 있으며, 일상생활의 무료함과 그 탄식을 노래한 시라고 할 수가 있다. '학수고대鶴首苦待'란 학처럼 목을 길게 늘이고 무엇인가를 기다린다는 것을 뜻하고, '학명지탄鶴鳴之歎'이란 최선의 노력을 다했어도 그 뜻을 이루지 못한 선비의 탄식을 뜻한다. 그렇다. 모두가 다같이 "다리 하나로 오랫동안 서 있을 때"도 있고, "목을 에스 자의 반대로 꺾고/ 눈은 먼 산에 맞추고/ 물 찬 논에 발목을 담근 그처럼" 서 있을 때도 있다. "오지 않는 버스를 기다리는 듯 서 있을 때"도 있고, "내 것 아닌 버스들이 섰다가 떠나"가는 모습을 그 사람들에 대한 궁금증과 함께, 구린내 나는 은행냄새를 맡으며 지켜볼 때도 있다.

　오전 내내가 그렇고, 오후 내내가 그렇다. 아무도 나를 모르고, 나도 그들을 모른다. "그런 곳에서/ 그런 자세로/ 종일 서 있다 집에 오면" "살림살이도 날 닮아 다리 하나로 서" 있고, 밥상도 다리 하나로 서 있다. 옷장도 다리 하나로 서 있고, 심지어는 어항 속의 구피 세 마리마저도 다리 하나로 서 있는 것이다. 일년 내내 삼백육십오 일, 똑같은 나날과 똑같은 일과가 되풀이 되고 있는 것이고, 그들은 모두가 다같이 "나머지 다리 하나"는 언제, 어떻게 내려야 하느냐고 따져 묻듯이 나를 쳐다보고 있는 것이다. 무료함은 권태로 이어지고, 권태는 그 어떤 최선의 노력도 다 소용이 없다라는 '학명지탄의 탄식'으로 이어진다.

두루미는 시베리아의 아무르와 우수리 지방, 그리고 만주 동북부와 일본의 북해도 등지에서 둥지를 틀고 종족의 번영과 행복을 연주하고 있는 새이며, 추운 겨울에는 따뜻한 남쪽으로 내려와 양자강 하류와 우리나라와 일본 등에서 월동하는 겨울철새이다. 두루미가 외다리로 그처럼 오랫동안 서 있는 것은 한겨울 추위에 따른 행동으로 한쪽 다리를 깃털 안으로 넣어 따뜻하게 데우는 역할이라고 한다. 두루미가 그처럼 고귀하고 아름다운 선비의 상징인 것은 그처럼 사납고 추운 겨울을 살고 있기 때문이며, 그 먹이사냥의 어려움 때문에, 천하제일의 '외다리 타법'이 가능하게 되었던 것인지도 모른다. 오늘도, 지금 이 순간에도, '새들 중의 새'인 두루미는 그 '외다리 타법'으로 일상생활의 권태와 무료함을 날려 버리고, 이 세상의 어중이떠중이들의 한탄 대신에 두루미의 번영과 행복을 연주하고 있는 것이다. 시는 삶이고, 삶은 시이다. 모든 예술은 '고난이도

高難易度'를 요구하고, 그 '접근 불가능성' 때문에, 소수의 예술가들만이 살아 남게 된다. 시인은 두루미이고, 두루미는 천하무적의 장군이며, 시인과 두루미는 모두가 다같이 그들의 고통을 충신으로 거느리며 살아간다.

하지만, 그러나 대부분의 어중이떠중이들에게 있어서 삶이란 예술이 아니며, '두루미의 외다리 타법'이란 삶의 무료함이며, 고문 그 자체에 지나지 않는다. 시베리아의 아무르와 우수리 지방, 만주의 북동부와 일본의 북해도 등이 아닌 서울과 부산과 한라산과 소백산맥의 기슭에서 짝을 짓고 번식한다는 기쁨도 없고, 서울과 수도권의 개 사육장과도 같은 아파트를 떠나 넓고 푸른 동해와 백두대간의 기상을 이어받으며, 전 인류의 번영과 행복에 참여하고 있다는 긍지도 없다. 두루미의 숨긴 다리는 '일도필살의 검법'이며, 그 어떤 고통과 난관도 다 극복할 수 있는 '고통의 지옥훈련과정'과도 같다.

이희석 시인의 「두루미처럼」은 '군계일학의 초상'이 아닌, 이 세상의 삶에 지치고, 그 어떤 꿈과 희망도 없는 우리 한국인들의 초상이라고 할 수가 있다.

이서빈

지구 해열제

한겨울인데 열 펄펄 끓이며
춥다고 몸서리치는 지구

어디 지구 해열제 만들어 낼 제약회사 없을까?
필사적 몸부림으로 지구가 낳은 식물
당뇨 혈압 고지혈 진폐증 골다공증 동맥경화
오염에 헤아릴 수 없는 고질병에 시달린다
세상 오염 편집하는 전문가 없을까?

몇십 년 전 오염 참다 못한 배추머리개그맨
'지구를 떠나거라' 외치자
인간은 인공위성 쏘아 올리며 '지구를 떠나거라'
웃지 못할 개그 하면서 웃고 있다

오염에 찌든 별들

햇살 좋은 날 강물에 뛰어내려 몸 씻자

반쯤 남은 낮달 시든 목소리

물도 다, 다, 다, 썩, 썩, 썩,

'었다'는 말 입속에 두고 스르르, 숨 감는다

죽은 지구에 한 번도 살아보지 못한 인간은

지구가 죽으면 자신이 죽는다는 걸 모른다

환풍기는 쉬지 않고 매연을 돌리고

지구는 해열제 한 알 구하지 못해

끙끙 앓고

하늘은 유령처럼 검은 눈물 흘리고 있다

이 세상에서 '만물의 영장'이라는 동물처럼 어리석은 동물도 없을 것이다. 우리 인간들은 '나는 생각한다, 고로 존재한다'라는 말에서처럼 '사유하는 인간'에 그 존재의 뿌리를 내리고 있으면서도 '만물의 영장'이라는 맹신에 사로잡혀서 그 미치광이들의 삶의 형태를 벗어나지 못한다. 자연은 만물의 터전이고, 우리 인간들은 자연의 품을 떠나서 결코 살아갈 수가 없다. 이 자명한 이치, 즉, 이 자연의 법칙을 너무나도 잘 알고 있으면서도 만물을 지배하고 자연을 정복하겠다는 우리 인간들의 탐욕이 '인문주의'라는 종교를 낳았고, 이 인문주의의 종교는 우리 인간들의 영생불사의 꿈을 위하여 만물의 터전인 자연을 정복하기에 여념이 없었다고 해도 과언이 아니다. 유전자 공학과 생명공학은 인간의 질병을 치료하는 것은 물론, 인간의 수명을 연장시켰지만, 그러나 그것이 모든 국가를 요양원과 요양병원의 천국으로 만들었다는 사실은 결코 강조하지 못한다.

컴퓨터 산업과 디지털 혁명은 로봇인간과 인간보다도 더 뛰어난 인공지능을 만들었지만, 그러나 그것이 곧바로 인간의 죽음과 역사의 종말에 이르는 지름길이라는 사실은 결코 강조하지 않는다. 인문주의는 탐욕에 기초해 있고, 이 탐욕은 광신에 기초해 있으며, 이제는 막가파식의 한탕주의로 돈밖에 모르는 인간들을 출현시키게 되었던 것이다.

소크라테스가 '너 자신을 알라'라고 외쳐도 아무런 소용이 없고, 공자가 '아침에 도를 들으면 저녁에 죽어도 좋다'라고 외쳐도 아무런 소용이 없다. 노자가 '무위자연'을 외치며 물소를 타고 사라져 가도 아무런 소용이 없고, 스토아 학파와 장 자크 루소가 '자연으로 돌아가라'고 외쳐도 아무런 소용이 없다. 현대 사회의 근본 토대는 탐욕이며, 더 많이, 더 빨리, 더 많은 돈을 벌기 위해서는 그 모든 전쟁과 반란과 혁명과 자연의 파괴와 대량학살마저도 다 저지르고 본다. 탐욕은 불이고 불꽃이고, 오늘도 이 탐욕이 '경제의 탈'을 쓰고 활활활, 타오른다. 돈은 태양이고 달이며, 돈은 우주 전체이며, 우리 인간들의 탐욕의 원동력이다. 돈으로 해가 뜨고 돈으로 해가 진다. 돈으로 초신성들이 태어나고, 돈으로 대폭발이 일어나며, 돈으로 수많은 생명체들이 죽어간다. 이 세상의 모든 사랑과 평화와 행복과, 그리고 그 반대 방향에서, 이 세상의 모든 전쟁과 불화와 불행마저도 돈이 다 주재한다.

이서빈 시인의 「지구 해열제」는 자연을 만물의 터전으로 되돌리려는 생태환경의 시이며, 제정신을 갖고 '지구 해열제'를 생산해내려는 인문주의의 산물이라고 할 수가 있다. "한겨울인데 열 펄펄 끓이며/ 춥다고 몸서리치는 지구"를 보면서 "어디 지구 해열제 만들어 낼 제약회사 없을까"라는 시구는 만물의 영장이 아닌, 우리 인간의 자기 반성과 성찰에 맞닿아 있다고 할 수가 있다. "죽은 지구에 한 번도 살아보지 못한 인간은/ 지구가 죽으면 자신이 죽는다는" 것을 모른다는 것─, 이 무식함, 아니, 이 무식함을 가장한 교활함 때문에, 지구는 더욱더 병들고 있는데, 왜냐하면 "몇십 년 전 오염 참다 못한 배추머리개그맨이/ '지구를 떠나거라' 외치자" 이제는 "인공위성을 쏘아 올리며 '지구를 떠나거라'"라고, "웃지 못할 개그"를 하고 있기 때문이다. 전자의 배추머리개그맨의 '지구를 떠나거라'는 생태환경 오염의 주범들을 향한 최후의 심판과도 같은 말이지만, 후자의 자본가들의 '지구를 떠나거라'는 막가파식의 한탕주의로 지구를 오염시켜 놓고, 우주 식민지로 도망을 가려는 모습과도 같다고 하지 않을 수가 없다.

지구가 죽으면 모든 생명체들도 다 죽고, 인간도 죽는다. 인공위성을 쏘아올리며 우주 식민지를 개척하고 싶어 하지만, 이 우주 어느 곳에서도 돈을 위해 살고 죽으며, 돈을 위해 그토록 무자비하고 철두철미하게 모든 에너지를 다 불태우는 돈의 노예들을 용서해줄 별들은 없을 것이다. 한겨울인데도 열이 펄펄 끓어오르며 춥다고 몸서리 치는 지구, "당뇨 혈압 고지혈 진폐증 골다공증 동맥경화" 등, 온갖 오염에 시달리는 식물들, 이제는 모든 별들마저도 오염에 찌들었고, "햇살 좋은 날" "반쯤 남은 낮달도 시든 목소리"로 '물도 다 썼었다'고 숨을 끊는다. 모든 환풍기, 모든 바람마저도 대기오염의 매연을 확산시키고, "지구는 해열제 한 알 구하지 못해" 끙끙 앓으며 죽어간다.

하늘은 유령처럼 검은 눈물을 흘리고, 모든 별들과 우주 전체가 다 사라진다.

이서빈 시인의 「지구 해열제」는 생태환경시의 진수이며, 온몸으로, 온몸으로 이 지구촌을 살리려는 열정으로 가득 차 있는 시라고 할 수가 있다. 시는 열정이고, 이 열정으로 가득찬 시인은 자기 자신을 불살라 이 지구촌을 살려낼 '지구 해열제'를 생산해낸다.

　이서빈 시인의 언어에는 대자연의 푸르름과 모든 생명
체들이 다같이 뛰어놀며 평화롭게 살아가던 옛 추억이 묻
어 있다. 그의 언어는 모든 생명체들의 씨앗과도 같으며,
그의 언어들에 의해서 모든 인간들의 탐욕을 제거하고 지
구촌을 되살릴 수 있는 '지구 해열제'가 탄생하게 될 것이
다.

　이서빈 시인의 언어는 티없이 맑고 깨끗하며, 제일급의
정신에 걸맞게 푸르고 푸른 지구촌의 꿈과 희망이 자라나
고 있다고 할 수가 있다. 이서빈 시인이 온몸으로, 온몸으
로 이끌고 있는 '남과 다른 시쓰기 동인'과 그 동인들의 생
태환경 시집 『함께, 울컥』, 『길이의 슬픔』, 『덜컥, 서늘해지
다』가 바로 그것을 증명해준다.

최윤경

낙화

살아있는 번뇌도
꿈틀대는 고뇌도
피면서 피면서 사라진다

피는 것도
지는 것도
다 한순간
난 왜 이렇게 미운 것이 많아서
자꾸만 가슴에 얼룩을 만드는가

울컥
고요해져야겠다
딱딱하게 굳은 응어리
물컹하게 삭여야겠다

허공은 어둠으로 인해 더욱 빛나고
밤을 수놓은 불꽃 사리는

비처럼

별처럼

꽃처럼

훨 훨 훨

나의 헛됨을

아서라

사르라

날려라

자꾸만 타이르신다

가난한 자유인보다는 배부른 노예가 더 낫다라는 말도 있고, 죽은 정승이 살아 있는 개만도 못하다라는 말도 있다. 탄생은 죽음의 첫걸음이라는 말도 있지만, 그러나 우리가 살아 있는 동안은 이 세상에서 삶의 의지보다 더 강한 것은 없다. 산다는 것은 모든 고통과 시련을 다 받아들인다는 것이고, 그 어떤 고통과 시련을 다 받아들인다는 것은 마침내, 끝끝내 '인간이라는 종족의 임무'에 충실하겠다는 생물학적인 약속과도 같은 것이다.

개인보다는 종이 더 크고, 어느 누구도 이 종족의 명령을 거스를 수는 없다. 그 어떤 사리사욕과 불륜과 온갖 범죄 행위마저도 이 종족에의 의지가 반영된 결과이지, 그 범죄를 저지른 개인에게는 잘못이 없다. 이 종족에의 의지와 종족에의 의지가 부딪친 결과, '만인 대 만인의 싸움'이 일어나고, 이 '만인 대 만인의 싸움'을 예방하고 종결하기 위한 것이 우리 인간들의 도덕과 법률이라고 할 수가 있다.

하지만, 그러나 오늘날 우리 인간들은 너무나도 오만방자해졌고, 개인의 의지, 즉, 개인의 부귀영화를 위해서 종족에의 의지를 전면적으로 거부하고 항거하려는 움직임이 노골적으로 나타나고 있다고 하지 않을 수가 없다. 부귀영화와 영생불사의 꿈이 그것인데, 이 부귀영화와 영생불사의 꿈은 일찍이 그 유례를 찾아볼 수가 없는 신성모독의 대역죄이자 종족에의 의지에 반하는 범죄 행위라고 하지 않을 수가 없다. 화무십일홍花無十日紅, 그 어떤 꽃도 십일을 넘기지 못하고, 모든 생명체는 태어나면 이윽고 죽는다.

"살아있는 번뇌도/ 꿈틀대는 고뇌도" 꽃이 피면 봄눈 녹듯이 다 사라진다. 꽃이 핀다는 것은 최종적인 삶의 목표이자 존재의 결정체이기 때문에 이 종족의 임무를 완수하면 새로운 후손들을 위해 이윽고 사라져 가지 않으면 안 된다. 따라서 "피는 것도/ 지는 것도/ 다 한순간"인데, "난 왜 이렇게 미운 것이 많아서/ 자꾸만 가슴에 얼룩을 만드는가"라는 한탄은, 아직도 이 세상의 삶에 대한 미련 때문에, 너무나도 자연스럽게 '죽음의 본능'을 받아들이지 못한 결과에 지나지 않는다. 삶의 본능과 죽음의 본능은 종족에의 의지의 두 본능이며, 삶에의 의지가 더 크면 죽음을 두렵게 생각하지만, 그러나 죽음에의 의지가 더 크면 삶을 더 두렵게 생각하고 이 세상을 떠나가게 된다.

최윤경 시인의 「낙화」는 최윤경 시인이 온몸으로 쓰는 열반의 낙화이며, 그 티없이 맑고 순수한 마음이 "비처럼/ 별처럼/ 꽃처럼/ 훨훨훨" 밤하늘의 아름다움을 장식하게 될 것이다.

낙화는 새이고, 새는 시인의 최후의 날갯짓이다.

과유불급過猶不及, 지나치면 모자람만도 못하다는 말도 있지만, 우리 인간들의 부귀영화와 영생불사의 꿈은 우리 인간들의 이성을 마비시키고, 우리 인간들 모두를 다같이 '바보-천치'로 만들어버린다. 요컨대 부귀영화와 영생불사의 꿈에 사로잡혀서 온갖 자연의 질서를 다 파괴시키고, 죽는 법과 사는 법을 모르는 영원한 '바보-천치'가 되어가고 있기 때문인 것이다.

요양원과 요양병원의 천국—. 현대 자본주의 사회의 최고의 성장산업인 실버산업은 미치광이들의 광태이며, 인류의 역사의 조종 소리에 지나지 않는다.

손선희

돌의 생

천년속이 겉까지 새까매진 돌

단단하게 다진 속

이끼로 피고지고

깎이고 부서져

조약돌이 되어도

속없이 하얗게 웃고 있는

돌을 깨면

바람소리

새소리

물고기 비린내

날아오르고

돌의 내장까지

다 내어주고

더 주고 싶은
마음에

반짝반짝 빛나는
모래 되어
빛 잃은 이에게
길동무 되어주는

천년속의 새까매진
돌의 생

돌이란 무엇인가? 돌이란 광물질의 덩어리를 말하며, 모래보다는 크고 바위보다는 작은 것을 말한다. 만일, 그렇다면 돌이란 진정으로 무엇인가라고 묻는다면 우리는 그 돌을 잘게 잘게 쪼개어 분석하지 않는다면 그것을 무엇이라고 말할 수가 없을 것이다. 그 돌 속에는 금과 은 등의 금속과 쇠붙이의 성질을 전혀 지니지 않은 비금속의 물질 등이 함유되어 있을 것이기 때문이다. 요컨대 돌이란 모든 물질의 근본입자인 원자와 원자들로 이루어진 결합체이며, 그 돌의 주요 성분에 따라 금속과 비금속으로 분류하여 설명할 수가 있을 것이다.

유기체란 유기물로 이루어진 생명체를 말하고, 무기체란 광물이나 공기처럼 생명력이 없는 조직체를 말한다. 하지만, 그러나, 유기체와 무기체를 구분하는 기준은 매우 자의적이고 임의적인 어떤 것에 지나지 않는다. 왜냐하면 금속과 비금속, 또는 수많은 원소들과 원소들마저도 유기체와 똑같이 살아 있으며, 이와 반대로, 모든 유기체들도 그 생명력을 다하면 다양한 원자와 원자들로 분해되어 새로운 생명체의 모태가 되어주고 있기 때문이다.

모든 유기체와 무기체의 근본물질은 원자이며, 이 원자와 원자의 결합에 의하여 수많은 생명체들이 태어나고 죽어간다. 유기체와 무기체의 구분은 매우 자의적이고 임의적인 것이며, 어느 특정한 개체는 소멸하지만, 그러나 그 에너지의 총량은 변함이 없는 것이다. 이를테면 체중 100kg의 인간을 태우면(화장火葬) 그 연기의 무게는 얼마인가라는 질문에, 그를 태우고 난 재의 무게를 빼고나면 그 연기의 무게를 알 수가 있는 것이다. 모든 물질은 에너지이고, 에너지는 그때 그때의 상황에 따라 그 모양과 형체만 바꿀 뿐 그 총량에는 변함이 없는 것이다. 모든 동식물들과, 모든 물체는 생물학적으로나 화학적으로도 한가족이며, 이것이 자연의 법칙, 또는 우주의 법칙이라고 할 수가 있는 것이다.

돌도 생명력이 있고, 돌도 울고 웃으며, 돌도 단말마의 비명을 지르며 죽어간다. 모래와 모래가 결합될 때에도 돌이 태어나고, 크나큰 바위들이 천재지변이나 세월의 풍화작용에 의해서 산산이 부서질 때에도 돌은 태어난다. 봄

눈이 녹고 따뜻한 바람과 함께 봄꽃이 만발하면 돌도 활짝 피어나고, 천둥소리와 함께, 장맛비가 쏟아지면 돌도 속절없이 굴러 떨어지거나 그 재앙을 온몸으로 겪게 된다. 돌도 시를 쓰고 돌도 그의 소원을 기도하고, 돌도 사나운 추위와 눈보라 속에서 피눈물을 흘리며 죽어간다. 돌도 산산이 부서진 몸으로 새로운 생명체로 태어나고, 돌도 그의 행복을 연주하며, 수많은 동식물들의 숙주宿主가 되거나 안식처가 되어준다. 아무튼 돌의 탄생은 다른 생명체들에게 빚을 지는 것이고, 돌의 죽음은 그가 진 빚, 즉, 채무를 상환하는 것이다.

손선희 시인의 「돌의 생」은 만물의 터전이 되어준 '돌의 일대기'이자 그 돌에 대한 찬가라고 할 수가 있다. "천년의 속이 겉까지 새까매진 돌"은 돌의 일대기를 말하고, "단단하게 다진 속/ 이끼로 피고지고/ 깎이고 부서져/ 조약돌이 되어도/ 속없이 하얗게 웃고 있는" 돌은 그 만고풍상의 삶 속에서도 이 세상의 삶을 찬양하고 옹호하는 돌의 삶의 태도를 말한다. 돌을 깨면 돌 속에는 새소리와 바람소리도 들어 있고, 돌을 깨면 돌 속에는 '물고기의 비린내'와 함께 대지각 변동의 진동소리가 울려퍼진다.

돌은 탐욕도 없고, 돌은 소유욕도 없다. 돌은 질투도 없고, 돌은 중상모략과 이성의 간계도 없다. 오직, 자연의 순리에 따른 대자대비한 마음으로, "내장까지/ 다 내어주고/ 더 주고 싶은/ 마음에" "반짝반짝 빛나는/ 모래되어/ 빛 잃은 이에게/ 길동무가 되어"주고 싶을 뿐인 것이다.

"천년 속의 새까매진/ 돌의 생"—. 대자대비한 마음으로 대자연의 예술작품이 된 돌, 이 돌보다도 더 고귀하고 위대한 생을 살다간 인간은 없을 것이다.

임덕기

획일성에 대하여

네모난 아파트 공간에서 생활하고
네모난 스마트폰으로 세상소식을 접하고
네모난 책상 앞에 앉아
네모난 컴퓨터로 세상과 소통한다

똑같은 얘기들이 떠도는 단톡방에서 사연을 읽고
똑같은 포장음식을 사다 식사를 해결하고

유행하는 얼굴 모습으로 성형하고
유행하는 화장과 머리모양을 하고
유행하는 옷을 입고
유행하는 줄인 단어로 암호처럼 말하며

지루하고 단조로움을 퍼트리며 거리를 걸어간다

개성은 바닥에 내동댕이치고

다른 사람 흉내 내는 무뇌형 로봇들이

길거리를 활보하며 걸어간다

📖

행복이란 무엇인가? 행복이란 모든 것이 다 갖추어져 있고, 어느 것 하나 부족한 것이 없는 상태를 말한다. 우리 인간들의 궁극적인 목표는 행복이며, 우리는 모두가 다같이 자기 자신의 행복을 연주하는 사람들이라고 할 수가 있다. 하지만, 그러나, 저마다의 개성과 취향이 다른 만큼 우리 인간들이 추구하는 행복은 천차만별의 다양한 형태로 나타나고 있다고 할 수가 있다. 학자의 행복도 있고, 정치인의 행복도 있다. 군인의 행복도 있고, 법조인의 행복도 있다. 어린 학생의 행복도 있고, 노인의 행복도 있다. 이처럼 행복이란 그의 개성과 취향에 따라 다양한 모습을 띠게 되고, 이 행복을 추구하기 위하여 수많은 동료들과 수많은 적대자들과 때로는 싸우고, 때로는 서로 협력하며 최선의 노력을 다하게 된다.

어느덧 철학의 시대가 가고 과학의 시대가 도래한 지도 오래되었다. 철학의 시대는 이 세상의 삶의 이치를 파악하여 모두가 다같이 잘 살 수 있는 지상낙원을 최선의 목표로 설정했지만, 그러나 과학의 시대는 철두철미하게 공동체 사회를 파괴하고 그 행복의 척도를 황금의 법칙에 두고 있다고 할 수가 있다. 돈이 궁극적인 목표이자 최고의 선이 되었고, 이 돈 앞에서는 그 어떤 직업의 차이와 자유와 평등과 사랑과도 같은 보편적인 가치가 다 사라지고 말았다. 철학은 그가 농부이든, 학자이든, 경제인이든, 정치인이든, 예술가이든지 간에 이 세상의 삶의 풍요로움보다는 삶의 질을 따져 묻고 행복한 삶으로 인도했지만, 그러나 과학은 오직 돈을 최고의 목표로 상정하고 삶의 질보다는 물질적인 풍요로움에 그 가치를 부여하고 있다고 할 수가 있다. 대저택과 호화 별장, 고급승용차와 자가용 비행기, 산해진미의 음식과 명품 옷, 현금과 부동산 부자와 주식 부자 등이 행복의 척도가 되었고, 그 어느 누구의 불행이나 상대적인 빈곤 따위 등은 안중에 두고 있지 않다고 할 수가 있다.

컴퓨터와 스마트폰, 인간로봇과 인공지능 등은 현대과학의 꽃이며, 이 디지털 기기에 종속된 우리 인간들은 이제 행복이란 무엇이고, 삶의 질이란 무엇이고, 자유란 무엇이고, 개성이란 무엇인가라고 따져 묻지도 않는다. 과학의 법칙은 인과의 법칙이며, 이 인과의 법칙은 그 어떠한 특별한 사건이나 예외적인 행동을 결코 용납하지 않는다. 이제 모든 인간들의 출신성분과 종교와 이념과 취미와 직업과 연간소득과 재산의 규모 등이 다 노출되었고, 세계적인 다국적 기업들은 이 정보량을 토대로 하여, 우리 인간들을 전면적으로 관리하고 통제를 하고 있다고 하지 않을 수가 없다.

철학은 둥긂의 세계이며, 저마다의 개성과 자유와 취향을 존중하지만, 과학은 네모의 세계이며, 그 모든 개성과 자유와 취향이 말살된 획일성의 세계이다. 그 결과, 네모난 아파트 공간에서 생활하고, 네모난 스마트폰으로 세상 소식을 접한다. 네모난 책상 앞에 앉아 공부를 하고, 네모난 컴퓨터로 이 세상과 소통한다. 수십 억, 또는 수천 명의 인간들이 똑같은 얘기들이 떠도는 단톡방에서 사연을 읽고, 똑같은 포장음식을 사다가 식사를 해결한다. 똑같은 유행하는 얼굴 모습으로 성형하고, 똑같은 유행하는 화장과 머리모양을 한다. 똑같은 유행하는 옷을 입고, 똑같은 유행하는 줄인 단어로 암호처럼 말한다. 모든 인간들은 컴퓨터와 스마트폰과 인간로봇과 인공지능 등에게 말하고 행동하는 법을 다 빼앗겼으며, 수천 만 명이, 아니 수십 억

명이 단 하나의 회로와 미로 속에서 빠져나올 수가 없게 되었다. 개성은 길바닥에 내동댕이쳐졌고, 자유는 너무나 도 완벽하게 박탈되었고, 저마다의 사유와 취향은 모두가 다같이 획일성의 코드에 갇히게 되었다.

임덕기의 시인의 표현대로, 무뇌형 로봇과 무뇌형 인간 들이 저마다의 개성과 취향을 흉내내는 획일성의 시대—. 이제 돈은 성공과 출세의 보증수표가 되었고, 모두가 다같 이 그 돈벌이에 의해서 사회적인 지위와 명예를 얻게 되었 다. 정치, 경제, 사회, 역사, 문학, 철학 등, 모든 학문의 목 적은 돈벌이의 수단이 되었고, 그 결과, 진리탐구와 공동 체 사회의 행복 등은 단지 하나의 필요악이 되고 말았다. 돈벌이가 되지 않으면 자기 자신의 직업과 사회적 역할에 대한 긍지 같은 것은 없게 되었으며, 모든 학자와 성직자 와 정치인들마저도 돈을 숭배하고 돈을 찬양하는 신성모 독자와 대역죄인의 삶을 살아갈 수밖에 없게 되었다. 행복 이란 무엇이고, 사랑이란 무엇인가? 자유와 평화란 무엇이 고, 국가와 사회란 무엇인가? 도덕과 법률이란 무엇이고, 지상낙원과 내세의 천국이란 무엇인가 등의 진리탐구와 공동체 사회의 목적이 사라지고, 그 목적들이 돈벌이의 수 단으로 전락한 과학의 시대는 인간의 죽음의 시대이며, 인간로봇과 인공지능에게 모든 인간의 존엄성을 다 바친 시대라고 할 수가 있다.

컴퓨터와 스마트폰과 인간로봇과 인공지능 등이 없으면 우리 인간들은 모두가 다같이 미치광이가 될 것이고, 이 미치광이의 형태로 획일성의 코드에 묶여 개성과 자유와 모든 취향들을 다 빼앗기고 살아간다. 철학자는 사유하지만, 과학자는 계산한다. 철학자는 인간이 인간으로서 살아 숨쉬고 저마다의 행복을 역설하지만, 과학자는 인간에게서 인간성을 다 빼앗고 한 치의 오차도 없이 똑같은 삶과 똑같은 행동을 강요한다.

임덕기 시인의 「획일성에 대하여」는 그의 삶의 철학이 돋보이는 시이며, 현대 자본주의 사회의 '획일성'을 너무나도 아름답고 정확하게 고발하고 있는 시라고 할 수가 있다.

철학자(시인)는 모든 성인군자와 천사들의 호위무사이며, 공동체 사회의 행복과 전체 인류를 위해서라면 자기 자신의 단 하나뿐인 목숨마저도 희생시키지만, 그러나 자기 자신의 이익과 돈벌이를 위해서라면 그 어떠한 정당한 일마저도 다 거절한다. 이에 반하여, 과학자는 자본가들의 호위무사이며, 자본가들의 이익을 위해서라면 그 어떠한 더럽고 추한 일들도 다 저지르고 보지만, 그러나 돈벌이가 되지 않으면 공동체 사회의 행복과 전체 인류의 명예같은 것은 아예 거들떠보지도 않는다.

철학자가 제공하는 음식(지혜)은 영양가가 풍부하고 피와 살이 되지만, 과학자가 제공하는 음식은 영양가가 전혀 없는, 먹어도 먹어도 배가 고픈 공갈빵과도 같다. 철학자는 비록 가난하고 검소하지만, 날이면 날마다 건강에 이로운 숲길을 거닐며 행복하게 살고, 과학자는 고급 옷과 고급 음식을 먹으면서도 자기 자신을 잃어버리고 돈의 노예가 되어서 언제, 어느 때나 배고프게 살아간다.

아아, 그러나 과학의 시대가 쇠퇴하고, 다시 철학의 시대가 도래할 그러한 날들이 과연 올 수 있을까?

임덕기 시인의 너무나도 아름답고 뛰어난 시, 「획일성에 대하여」를 읽으면서, 한 사람의 철학예술가로서 너무나도 뼈 아프게 묻고, 또, 물어 본다.

한이나
맨발의 구두에게

흙먼지 뒤집어쓴 채 닳아 코 깨진

구두 한 켤레

차마 마음에서 버리지 못한다
마음 속의 다른 길 허공을 걷는 나인 것 같아서

낡은 구두 한 켤레로 돌아온 골목

만 리밖을 보려 떼어놓던 붉은 발자국들

녹슨 철문 밖으로 내놓질 못한다

맨발 구두는 내 혼이 묻은 살점 같아서

쥐구멍에도 볕들 날이 있듯이, 제아무리 어렵고 힘들더라도 분명한 목적이 있고 해야 할 일들이 있다면 그의 고통은 모든 천재적인 힘으로 작용을 하게 될 것이다. 삶은 아이거 북벽을 기어오르는 암벽타기와도 같고, 삶은 천길 벼랑끝을 오르내리는 마방의 길과도 같다. 삶은 떠돌이 탁발승이 되어야만 했던 부처의 길과도 같고, 삶은 이글이글 타오르는 불꽃 속에서 죽어갔던 조르다노 브루노의 길과도 같다.

산다는 것은 고통스러운 일이고, 산다는 것은 이 고통스러운 삶을 자기 자신의 행복으로 승화시키는 것이다. 아이거 북벽에 올라가 알프스의 풍경을 바라보는 기쁨도 있고, 한평생 차마고도를 오르내리며 처자식들을 먹여 살리는 기쁨도 있다. 떠돌이 탁발승이 되어 무소유의 삶을 실천하는 기쁨도 있고, 천동설에 반대하여 지동설을 역설했다가 이글이글 타오르는 불꽃 속에서 화형을 당하는 기쁨도 있다.

한이나 시인의 「맨발의 구두에게」는 "흙먼지 뒤집어쓴 채 닳아 코 깨진/ 구두 한 켤레"에게 바치는 송가이자 그 구두와 함께 걸어온 그의 삶의 역사를 서정적인 아름다움으로 노래한 시라고 할 수가 있다. "흙먼지 뒤집어쓴 채 닳아 코 깨진/ 구두 한 켤레"는 그의 어렵고 힘들었던 삶의 역경을 말하고, 그럼에도 불구하고 그 낡디 낡은 구두 한 켤레를 버리지 못한다는 것은 그 구두 속에는 그의 삶의 고통과 함께, 이 세상의 삶의 기쁨이 들어 있기 때문일 것이다. "낡은 구두 한 켤레로 돌아온 골목"에도 그의 삶의 기쁨이 묻어 있고, "만 리밖을 보려 떼어놓던 붉은 발자국들"에게도 그의 삶의 기쁨이 묻어 있다. 살아 있다는 것은 기쁜 일이고, 이 기쁜 일 뒤에는 아이거 북벽이나 차마고도, 또는 떠돌이 탁발승의 길이나 화형장의 순교자의 길이 들어 있는 것이다.

이 세상에서 가장 행복한 사람은 누구일까? 분명한 목적이 있는 사람일 것이다. 이 세상에서 가장 행복한 사람은 누구일까? 수많은 고통들과 함께 살며, 그 고통들을 호위무사로 거느리고 있는 사람일 것이다. 수많은 고통들과 함께 살며, 그 고통들을 호위무사로 거느리고 살면 그 어떤 고통스러운 일들도 다 해결하고 그는 이 세상에서 가장 행복한 삶을 살게 될 것이다.

한이나 시인의 '맨발의 구두'는 내 혼이 묻어 있는 살점과도 같고, 따라서 나는 그 "코 깨진 구두 한 켤레"를 차마 "녹슨 철문 밖으로" 버리지 못한다. 맨발의 구두는 나의 분신과도 같고, 만일 내가 그 구두를 버린다면 내가 나 자신을 잃어버리고 수많은 허공 속을 떠돌아다니게 될 것이다.

한이나 시인의 길은 '맨발의 구두의 길'이고, 이 맨발의 구두의 길은 고통의 길이다. 오늘도, 지금 이 순간에도, 한이나 시인의 맨발의 구두는 고통의 날개를 달고, 그 고통의 힘으로 온 천하를 다 날아다니고 있는 것이다.

어느 시대— 어느 국가나 가장 고귀하고 훌륭한 시인과 사상가들을 지니고 있으며, 그 시인과 그 사상가들의 고귀함과 훌륭함의 크기는 그 고통의 크기와도 같다고 할 수가 있다.

아이거 북벽과도 같은 고통, 차마고도의 절벽과도 같은 고통, 떠돌이 탁발승의 무소유의 삶과도 같은 고통, 이글이글 타오르는 화형장에서의 순교자의 고통—. 하지만, 그러나 이 고통의 불꽃이 이 세상에서 가장 아름다운 대서사시의 불꽃이라고 할 수가 있는 것이다.

고통을 사랑하고, 또, 고통을 사랑하라!

일찍이 모든 시인과 대사상가들은 이처럼 고귀하고 거
룩한 '맨발의 구두의 길'을 걷고, 또 걸어왔던 것이다.

이희은
커튼

밤새 죽었다가 꿈틀꿈틀, 아침을 여는 자벌레

주름진 사제복 벗듯 빛에게 자리를 내준다

네모난 풍경이 나타나고 자벌레의 키는 반쯤 줄었다

나뭇잎 냄새 속에서도 오와 열을 맞춘 네모, 네모, 네모
들, 저마다 아침 닮은 자벌레 키우고 있을까 제 몸 끝까지
줄였다가 먼 길 떠날 수 있을까

사각사각 햇빛 갉아 먹으며

옆구리에 날개 돋는 듯 한껏 몸을 흔들어 보지만

풍경은 사라지고 자벌레는 서둘러 어둠을 풀어 놓는다

모든 신호 꺼버리고 벽으로 위장한다

이희은 시인은 유사성 법칙에 의하여 커튼을 자벌레로 변형시키고, 그 상상력에 의하여 "밤새 죽었다가 꿈틀꿈틀, 아침을 여는 자벌레"라고 최고급의 언어의 유희를 펼쳐나간다. 이 세상의 만물이 언어에 의하여 창출되었듯이, 언어의 유희는 '놀이 중의 놀이'이며, 모든 고급문화의 원동력이라고 할 수가 있다. 정치, 경제, 문화, 예술, 심지어는 스포츠까지도 언어의 유희이며, 최종심급은 이 '언어의 힘'을 누가 지니고 있느냐에 따라서 우리 인간들의 운명이 결정된다고 할 수가 있다. 일찍이 어느 누가 커튼을 자벌레로 표현한 적이 있었으며, 또한, 자벌레로 아침을 열었다가 자벌레로 하루를 마감하는 일상생활을 이처럼 아름답고 극적인 서정시로 노래한 적이 있었던가?

아무튼 자벌레는 밤새 죽었다가 꿈틀꿈틀 아침을 열고, 주름진 사제복을 벗듯이 빛에게 자리를 내주고, 그 커튼을 반쯤은 줄여 창밖의 네모난 풍경을 보여준다. 자벌레가 숲

속에서 살 듯이, 순식간에 아파트는 자벌레들의 안식처가 되고, 따라서 "나뭇잎 냄새 속에서도 오와 열을 맞춘 네모, 네모, 네모들"이 나타난다. 모든 아파트 주민들은 "저마다 아침을 닮은 자벌레를 키우고" 있는 것이고, 저마다 "제 몸을 끝까지 줄였다가 먼 길"을 떠나가고 있는 것인지도 모른다.

자벌레는 모든 모범시민의 상징이며, 근면 성실하고 언제, 어느 때나 불성실과 어수선함과 미정리와 부조화를 참지 못한다. 자벌레의 한 발, 한 발은 자로 잰 듯 정확하며, 도덕과 법률이 없어도 가난하고 착하고 성실함의 그 자체로 살아간다. 하지만, 그러나 "사각사각 햇빛 갉아 먹으며// 옆구리에 날개 돋는 듯 한껏 몸을 흔들어 보지만" 그러나 이 세상은 불량배들이 살아가기가 좋은 곳이지, 우리 모범시민들이 살기 좋은 곳이 아니다.

힘 없는 정의는 정의가 아니고, 대사기꾼들과 불량배들이 주류를 이루고 있는 사회에서 모범시민이 살 수 있는 곳은 쉽게 주어지지 않는다. 우리 정치인들과 우리 법조인들도 법 위에 군림하고 있으며, 또한 우리 재벌들과 우리 사제들도 법위에 군림을 하고 있다. 수많은 경전 속의 계율들은 사회적 천민들을 지배하고 다스리기 위한 계율들에 불과하며, 모든 도덕과 법률들 역시도 모범시민들을 지배하고 다스리기 위해 존재하는 것에 지나지 않는다. 마치, 전쟁이 대량살생과 약탈과 수많은 정복을 목표로 하는 있는 것처럼, 전제군주, 대통령, 승려, 군인, 학자, 부자들은 그들의 이익을 합법으로 가장을 하고 언제, 어느 때나 그들의 특전과 특권을 포기하지 않는다.

이 세상은 대사기꾼들의 언어 유희에서 천사의 날개가 돋아나는 곳이지, 나뭇잎, 또는 햇빛이나 사각사각 갉아먹는 자벌레의 옆구리에서 날개가 돋아나는 곳이 아니다. 오늘도, 지금 이 순간에도, 자벌레는 경전 속에 갇혀 있고, 그 경전 속의 노예의 삶을 살아간다. 거짓말도 못하고 대규모적인 사기와 중상모략의 술수도 쓰지 못하는 자벌레처럼 불쌍하고 가련한 존재도 없다. 도덕과 법률도 강자의 이익을 옹호해주는 가면무도회의 언어에 지나지 않으며, 수많은 경전 속의 계율들도 강자의 이익을 옹호해주는 가면무도회의 언어에 지나지 않는다.

천리 길도 한 걸음부터라는 말은 대규모적인 사기극의 언어 유희에 지나지 않는다. 천리 길은 숲속의 새가 자벌레를 한 입에 삼켜버리듯이, 아니, 사자가 멧돼지의 목을 덥석 물듯이 단번에 도달할 수 있어야 하는 것이지, 오늘날의 자벌레가 도달할 수 있는 곳이 아니다.

자벌레, 자벌레—. 모든 자벌레의 꿈은 사라지고, 이희
은 시인의 자벌레는 서둘러 그 아파트의 어둠 속으로 꺼져
들어간다.

이희은 시인의 '커튼'은 자벌레가 되고, 자벌레는 모범시
민의 초상이 된다. 아아, 그러나 자벌레의 한두 치의 걸음
으로, 또는 나뭇잎이나 사각사각 갉아먹는 자벌레의 힘으
로 그 무슨 정의를 구현할 수가 있단 말인가?

오늘날 근면 성실함은 불행의 지름길이 되고, 모범시민
은 다 죽어간다.

고윤옥

남과 다른 시 쓰기

소금이 짠맛을 잃으면 소용 없듯
특유 단체가 특유맛을 잃으면
던져지고 말 것이다

남과 다른 시 쓰기는 같은 기차표를 배정받고
짐을 꾸리는 여행객들이다

짐 속엔 지구를 닦아 줄 헝겊과
진통 해열제 상비약이 들어있다

기차가 닿는 곳마다
지구 가족들에게 나누어 주며
지구를 살리자 외칠 것이다

앓고 있는 지구가 병석을 박차고

온전히 지구생물과 하나 될 때까지
남과 다른 시 쓰기는 안아주고 보듬을 것이다

공룡시대 지나 인류가 시작된 지 수억만 년
숱한 우여곡절로 상처투성이 된 지구

우리가 돌보고 치료해 줘야지

소명을 입고 출동한 남다시여!
한눈팔 새 없으니
쉬지 말고 온 힘을 쏟아내자

기차가 종착역에 닿을 때까지
똘똘 뭉쳐 바퀴를 돌려보자

여행이 끝나고
바람도 잦는 날
화사하게 달라진 지구를 타고
행성을 향해 날아봐야지

고윤옥 시인의 「남과 다른 시 쓰기」는 생태환경시의 진수이며, '남과 다른 시 쓰기' 동인들의 시론이자 목표라고 할 수가 있다. '남과 다른 시 쓰기'는 이서빈 시인이 이끌고 있는 동인이며, 해마다 경북 『영주신문』에 생태환경시를 연재하고, 『함께, 울컥』과 『길이의 슬픔』과 『덜컥, 서늘해지다』라는 동인 시집을 출간해낸 대한민국에서 가장 독창적이고 개성적인 동인들이라고 할 수가 있다. 이서빈 시인을 비롯한 모든 동인들이 생태환경의 전문가도 아니지만, 그러나 주제의 빈곤과 소재의 빈곤 등과 싸우며, 그 동인지의 목표와 방향을 더욱더 심화시키고 깊이 있게 확대해 나간다는 것은 대단히 어렵고도 힘든 일이 아니라고 하지 않을 수가 없다.

　　소금도 짠맛을 잃으면 소용이 없고, 어떤 단체가 그 목표를 잃으면 그 단체의 존재의 기반이 무너진다. 고윤옥 시인은 그의 동인들과 함께, '남과 다른 시 쓰기'라는 차표를 배정받고, "지구를 살리자"는 목표 아래 짐을 꾸린 여행객들이라고 할 수가 있다. 그들의 짐 속에는 "지구를 닦아 줄 헝겊과/ 진통 해열제 등의 상비약이 들어"있고, '남과 다른 시 쓰기'의 기차가 닿을 때마다 "지구의 가족들에게 나누어 주며/ 지구를 살리자"고 외치게 될 것이다. "공룡시대 지나 인류가 시작된 지 수억만 년/ 숱한 우여곡절로 상처 투성이 된 지구"가 그 "병석을 박차고/ 온전히 지구생물과 하나가 될 때까지" 그 상처를 '남과 다른 시 쓰기' 동인들이 "돌보고 치료해" 주게 될 것이다.

「남과 다른 시 쓰기」의 동인들이 너무나도 분명하고 명확하게 '지구를 살리자'는 삶의 철학과 목표 아래 만인들을 감동시킨다면, 그들의 역사적 사명과 그 임무는 완성될 것이다. '지구를 살리자'는 목표는 장중하고 울림이 큰 목표이며, 그 방법은 언어 사용의 독창성과 개성 이외에도 그 어떠한 장애물과 난관에 부딪치더라도 그 뜻을 굽히지 않는 살신성인의 희생정신이 요청된다고 하지 않을 수가 없다. 마침표 하나와 단어 하나는 그들의 실핏줄이 되고, 수많은 시구와 시구들은 붉디 붉은 피를 실어나르는 대동맥이 되고, 그들의 시와 시들은 가장 아름답고 뛰어난 '사상의 꽃'이 되지 않으면 안 된다. 시는 사상의 꽃이고, 사상은 시의 열매이다. 모든 학문의 목표가 언어의 신전, 즉, 사상의 신전을 세우기 위한 것이듯이, 이 세상에서 가장 아름답고 뛰어난 것은 '사상의 꽃'일 수밖에 없다.

그렇다. 대한민국, 아니, 이 지구상에서 가장 분명하고 명확하게 '지구를 살리자'는 삶의 철학과 목표 아래 출동한 '남과 다른 시 쓰기' 동인들은 이것, 저것—, 잡다한 생각과 사리사욕 때문에 한눈팔 새가 없다. 오직, '지구를 살리자'는 목표 아래 다양성과 일관성을 결합시키고, 그 종합적이고 총체적인 시야로 돌부처와 새똥 속에 파묻힌 성모 마리아상과 제우스의 성상마저도 감동시키지 않으면 안 된다. '남과 다른 시 쓰기'의 열차가 종착역에 닿을 때까지, 동년배 집단의 편견과 사리사욕과 온갖 진부한 매너리즘과 지적 한계를 극복하고 오직 전진을 하고, 또, 전진을 하지 않으면 안 된다. 오직 이 세상의 종착역, 즉, '남과 다른 시 쓰기' 동인들의 생물학적 수명을 다하는 그날까지—. 요컨대 이상고온과 이상한파가 다 종식되고, 새들이 노래를 부르고 온갖 동식물들이 춤을 추고 뛰어놀며, 그들의 행복한 삶을 연주하듯이, 푸르고 푸른 지구를 타고 모든 "행성들을 향해" 날아가 보지 않으면 안 된다.

'남과 다른 시 쓰기' 동인들의 삶은 온갖 고통과 자본가들의 싸늘한 시선과 냉소뿐이겠지만, 그러나 어느덧 하늘을 감동시키고 시신詩神의 은총 속에서 영원불멸의 삶을 살게 될 것이다. '남과 다른 시 쓰기' 동인들의 고통은 짧고, 그 환희의 기쁨은 영원히 '사상의 꽃'으로 그 향기를 뿜어댈 것이다.

고두현

사랑에 빠진 비행사

우리 동네에는 버스 정류장 옆에 하나
골목 어귀 담배 가게 옆에 하나
빨간 우체통이 있다

매일 한 번 오전 10시에 다녀가는 그는
예전엔 걸어다니다가 자전거로
이젠 오토바이로 붕붕 날아다닌다.

사랑에 빠진 비행사에게는
우주에서도 빨간 우체통이 제일 먼저
눈에 들어온다고

요즘 내눈엔
어째 우체통만
빠알갛게 들어온다.

'물질은 에너지이고, 에너지는 물질이다'라는 '물리학의
법칙'을 나는 내 마음대로 이렇게 사랑의 법칙으로 고쳐
보고자 한다. '사랑은 에너지이고, 에너지는 사랑이다'라
고—.

이 세상에서 가장 힘이 센 것도 사랑이고, 이 세상에서
가장 빠른 새도 사랑이다. 이 세상에서 가장 좋은 명약도
사랑이고, 이 세상에서 가장 나쁜 독약도 사랑이다. 이 사
랑의 힘과 속도, 이 사랑의 명약과 독약은 사랑의 본질이
며, 사랑은 언제, 어느 때나 그 원심력과 구심력을 통하여
자전과 공전운동을 되풀이 수행한다.

우리 동네에는 빨간 우체통이 두 개가 있다. 첫 번째의
빨간 우체통은 "버스 정류장 옆에" 있고, 두 번째의 빨간
우체통은 "골목 어귀 담배 가게 옆에" 있다. 우체통은 사랑
과 사랑이 만나는 장소이고, 우편배달부는 「사랑에 빠진
비행사」가 된다. 사랑에 빠진 비행사는 "매일 한 번 오전

10시에 다녀가는" 데, 왜냐하면 그는 언제, 어느 때나 노년을 모르는 에로스이기 때문이다. 예전에 그는 걸어다니거나 자전거를 타고 다녔고, 이제는 에로스처럼 "오토바이로 붕붕 날아다닌다."

오토바이는 사랑에 빠진 비행사의 날개가 되고, 그가 이 날개옷을 입고 하늘 높이 날아다닐 때에도 그의 눈에는 "빨간 우체통이 제일 먼저/ 눈에 들어"오게 된다. 이 세상에서 가장 무서운 것은 사랑의 불꽃이 꺼지는 것이고, 이 세상에서 사랑의 불꽃이 꺼지는 것은 에로스 신은 물론, 모든 생명체들이 다 소멸하게 되는 것이다.

고두현 시인은 젊고, 언제, 어느 때나 노년을 모르고, '사랑에 빠진 비행사'가 되어 모든 연인들의 인연을 주재한다. 사랑은 연서이고, 연서는 빨간 우체통을 제일 좋아한다.

가난한 사람도 시인이 되고, 부유한 사람도 시인이 되고, 그 어떠한 불륜남녀의 사랑도 시로 쓰면 더없이 거룩하고 숭고하게 보인다. 사랑은 모든 인간들의 삶의 목표이며, 그 황홀함은 최고의 선과도 같고, 영원한 행복과도 같다.

그 옛날의 사랑은 자기 희생적인 순수함에 그 기초를 두고 있었지만, 오늘날의 사랑은 '매매계약서'에 그 기초를 두고 있다. 출신성분도 상품이 되고, 직업도 상품이 된다. 경제적 능력도 상품이 되고, 신체의 건강함과 미모도 상품이 된다.

자본주의적 사랑은 '독약 중의 독약'이며, 모든 순수한 사랑을 다 몰살시킨다.

공광규

아름다운 책

어느 해 나는 아름다운 책 한권을 읽었다

도서관이 아니라 거리에서

책상이 아니라

식당에서 등산로에서 영화관에서 노래방에서 찻집에서

잡지 같은 사람을

소설 같은 사람을

시집 같은 사람을

한장 한장 맛있게 넘겼다

아름다운 표지와 내용을 가진 책이었다

체온이 묻어나는 책장을

눈으로 읽고

혀로 넘기고

두 발로 밑줄을 그었다

책은 서점이나 도서관에만 있는 게 아닐 것이다
최고의 독서는 경전이나 명작이 아닐 것이다

사람, 참 아름다운 책 한 권

그 옛날에는 문자도 없었고, 글을 읽고 쓸 줄 아는 사람
도 없었다. 문자가 창출되었어도 그것을 글로 쓸 수 있는
종이도 없었고, 종이가 발명되었어도 그 글을 책으로 엮어
낼 활판인쇄술도 없었다. 성경, 불경, 코란, 힌두경전들은
따지고 보면 인류의 역사상 가장 큰 대사기극이자 후세의
인간들이 조작해낸 허구의 세계라고 할 수가 있다. 왜냐하
면 예수와 부처도 글을 쓰고 책을 출간한 적이 없었고, 마
호메트와 브라만도 글을 쓰고 책을 쓴 적이 없었기 때문
이다. 호머의 『일리어드』와 『오딧세우스』도 마찬가지이고,
공자의 『논어』와 노자의 『도덕경』도 마찬가지이다. 모든
경전들이나 그 옛날의 고전들은 저자가 없으며, 호머와 공
자와 노자, 또는 예수와 부처와 마호메트와 브라만은 수많
은 저자들을 대표하는 가공의 인물들에 지나지 않는다. 요
컨대 모든 경전들과 그 옛날의 고전들은 구비문학의 전통
아래, 수많은 저자들의 이야기를 후세의 사람들이 제멋대

로 가공하고 조작해낸 책들에 지나지 않는다. 역사의 무대
에서는 사실은 없고 사실에 대한 숭배만이 있으며, 이것이
모든 신화와 종교의 기원이라고 할 수가 있는 것이다.

인류의 역사상 가장 중요한 발명품은 이 세 가지라고 할
수가 있다. 첫 번째는 문자를 창출하여 수많은 사물들의
이름과 인간의 사유를 명명할 수가 있었던 것이고, 두 번
째는 종이를 발명하여 점토판이나 양피지, 또는 목판이 아
닌 종이 위에다가 인간의 사유를 기록할 수가 있었던 것이
고, 마지막으로 세 번째는 활판인쇄술을 창출해내고 아주
손쉽게 수많은 책들을 출간할 수가 있었던 것이다. 다시
말하자면, 문자의 창출, 종이의 발명, 인쇄술의 발명은 인
간문화의 기원이자 가장 중요한 삼대 발명품이라고 할 수
가 있다.

공광규 시인의 「아름다운 책」은 참으로 '인문주의'에 기
초한 최고의 서정시이며, 대단히 아름답고 뛰어난 시라고
할 수가 있다. "어느 해 나는 아름다운 책 한 권을 읽었다"
는 대전제도 참으로 아름답고 감동적이고, "도서관이 아니
라 거리에서/ 책상이 아니라/ 식당에서 등산로에서 영화
관에서 노래방에서 찻집에서// 잡지 같은 사람을/ 소설 같
은 사람을/ 시집 같은 사람을/ 한 장 한 장 맛있게 넘겼다"

라는 전개 과정도 참으로 아름답고 감동적이다. 공광규 시인의 「아름다운 책」이 참으로 아름답고 충격적인 것은 그 책이 종이책이 아니라 '사람'이라는 것이고, 그는 남녀노소할 것 없이, 수많은 사람들과 수많은 사람들의 얼굴과 표정에서 그들의 대서사시적인 삶의 역사와 그 기록을 읽었다는 것이다. 앎, 즉, 지혜는 모든 곳에 있고, 진정한 시인은 모든 사람들의 얼굴과 표정에서 그들의 붉디 붉은 피로 쓴 책을 읽게 된다.

책은 서점이나 도서관에만 있는 것도 아니고, 최고의 독서는 경전이나 명작들만을 읽는 것도 아니다. 따지고 보면 모든 사람들이 다같이 그들의 '인생론'의 저자이며, 그 저서들을 읽는 것이 최고급의 독서법이라는 이 대반전의 드라마는 "사람, 참 아름다운 책 한 권"이라는 대단원의 결말로 「아름다운 책」의 대미를 장식한다. 잡지 같은 사람도 있고, 소설 같은 사람도 있고, 시집 같은 사람도 있다. 모든 사람들은 "저마다 아름다운 표지와 내용을 가진 책"이었고, 그들의 "체온이 묻어나는 책장을/ 눈으로 읽고/ 혀로 넘기고/ 두 발로 밑줄을 그었다"는 것은 공광규 시인만이 지닐 수 있는 최고급의 독서법이자 앎의 실천이라고 할 수가 있다.

호머라는 책, 단테라는 책, 셰익스피어라는 책, 보들레르라는 책, 랭보라는 책, 릴케라는 책, 소크라테스라는 책, 데카르트라는 책, 칸트라는 책, 뉴턴이라는 책, 아인시타인이라는 책, 막스 플랑크라는 책, 바하라는 책, 모차르트라는 책, 반 고호라는 책, 폴 고갱이라는 책, 파블로 피카소라는 책—. 그렇다. 모든 사람들은 대서사시의 주인공이며, 그 아름다운 책들에 의해서 인간의 역사는 영원히 계속된다.

이 세상의 모든 만물은 책이며, 자연의 학교는 거대한 도서관이라고 할 수가 있다.

시는 사상의 꽃이고, 사상은 시의 열매이다.

모든 책은 다 책이 아니고, 진정한 책은 사상가의 책이라고 할 수가 있다.

3부

글보라　글나라　글로별　우재호　김은정

김혁분　이병연　이미순　유계자　글가람

조숙진　정복선　백승자　김명이　김재언

엄재국　정영선

글보라
나무비

나무에는 푸른비가 산다

졸졸 흐르기도 하고
보슬부슬 내려보기도 하고
폭포수로 쏟아져 내리기도 한다

흠뻑 스민 비 털어내는 우산처럼
푸른바람은 스위치 올려 잎사귀 말려준다

스산하다는 빗소리를 말리는 찬바람 말
날아갈 것 같은 기분은 나무비가 먼지를 다 씻어낸 후의
말이다

나무에 손을 대면 넉넉해지고
나무에 기대면 순한 잠이 눈을 감기는 것도

나무몸 가득 묘목에게 주는 빗소리 때문

이제 막 움튼 어린묘목부터
수천 년 살아온 주목까지
푸른꿈 촉촉하게 적셔주는 나무비
시들고 메마른 내가 등 기대면
서늘하도록 청명한 물소리
뻑뻑해진 등선 파고들어
쏴아아 아아 물꼬를 틀어준다

유럽인들은 최악의 생존조건 속에 살면서 '자연을 악'으로 규정하고 자연을 정복의 대상으로 삼았다. 이에 반하여, 아시아와 아프리카 등의 남쪽지방의 사람들은 '자연을 선'으로 규정하고 자연과 하나가 되는 삶을 살아왔다고 할수가 있다. 북쪽지방의 사람들은 농경지가 없었기 때문에 이곳저곳을 떠돌아다니며 유목민의 삶을 살았고, 남쪽지방의 사람들은 이곳저곳을 떠돌아다니기보다는 대대로 정든 고향 땅에서 농경민의 삶을 살았다. 이 '유목민 대 농경민의 싸움'은 '사나운 맹수 대 순한 양'의 싸움이었고, 그 결과, 살생을 함부로 하는 유목민들은 사나운 야수가 되어 농경민의 목을 비틀고 오늘날의 고급문화인이 되었다고 할 수가 있다. 모든 고급문화는 정복과 살육의 역사이며, '사나운 야수'가 '천사의 탈'을 쓴 역사라고 할 수가 있다.

글보라 시인의 「나무비」를 읽으면서 잠시 유목민과 농경민, 또는 유럽인과 아시아인들의 역사를 생각해보고, 오

늘날의 유럽인들과 기독교인들에게 글보라 시인의 「나무
비」를 읽어주고 싶었다. 피도 눈물도 없는 정복자, 그토록
자비롭고 친절한 천사의 탈을 쓰고 살생을 밥 먹듯이 하는
이 유럽인들과 기독교인들마저도 글보라 시인의 「나무비」
를 읽으면 자연은 정복의 대상이 아니라 만물의 터전이라
는 사실을 깨닫고, 진심으로 자기 자신들의 야수성과 살생
을 반성하고 참회하는 삶을 살게 되는지도 모른다. 오늘날
의 지구촌의 위기는 생태환경의 위기이고, 이 생태환경의
위기의 근본 원인은 자연을 악으로 규정하고 정복의 대상
으로 삼은 유럽인들과 기독교인들에 있다고 해도 지나친
말이 아니다.

　　글보라 시인의 "나무에는 푸른 비가 산다"는 제일급의
시구이며, 우리는 이 젖과 꿀이 흐르는 '나무비'를 먹고 마
시면서 살아간다. 나무비는 졸졸 흐르기도 하고, 보슬부슬
내리기도 한다. 나무비는 폭포수로 쏟아져 내리기도 하고,
"흠뻑 스민 비 털어내는 우산처럼/ 푸른 바람은 스위치를
올려 잎사귀를 말려준다." 나무비가 모든 먼지들을 다 씻
어내면 찬바람이 젖은 몸을 다 말려주고, 우리의 몸은 날
아갈 것 같은 기분이 된다.

　　나무에 손을 대면 넉넉해지고, 나무에 기대면 순한 잠을

잘 수가 있다. "이제 막 움튼 어린묘목부터/ 수천 년을 살아온 주목까지/ 푸른꿈 촉촉하게 적셔주는 나무비," "시들고 메마른 내가 등 기대면/ 서늘하도록 청명한 물소리" 들려주는 나무비, 오늘도, 지금 이 순간에도, "빽빽해진 등선 파고들어/ 쏴아아" "물꼬를 틀어"주는 나무비一. 나무비는 영원한 대자연의 숨통이자 그 젖줄이라고 할 수가 있다.

모든 동물들은 산소를 마시고 이산화탄소를 뱉어 내고, 모든 나무들은 이산화탄소를 마시고 산소를 뱉어 낸다. 나무비는 대자연의 산소이고, 나무비는 대자연의 젖줄이다.

나무비, 나무비一. 이 나무비로 자연을 정복의 대상으로 삼은 유럽인들과 기독교인들의 사악한 마음을 대청소할 수 있는 날이 다가오기를 바랄 뿐이다.

글나라
바다거북

온 대지는 불덩이
모래는 쉬지 않고
조용히 지표를 덮는다

유동하는 모래는 건조하다
끊임없는 흐름으로
생물을 변화시킨다

지구 열기 뜨거운 화상으로 이어지고
미래를 위한 엄마거북
자궁을 움켜쥐고
열기 바람 부둥켜안으며
잘 될 거야, 잘 될 거야
온갖 힘으로 알 부화를 꿈꾼다

새끼거북 심장이 뛰고

물살에 휩쓸려 몸을 가눌 수 없을 때

수면위로 올라와 파도를 잡는다

위험에서 탈출을 시도하는 훈련 받으며 자란다

뜨거운 모래 온도가

만든 작품은 모두가 암컷

무너진 성별 균형

지구 온난화 시대에 앞으로 태어날

바다거북들의 운명은?

거북이는 파충류의 일종이고, 뱀과 도마뱀보다는 악어나 새에 가까운 종류라고 한다. 거북이는 알을 낳는 난생이고, 바다에 사는 바다거북과 육지에 사는 육지거북이 있고, 그 종류로는 '12과 250여 종'이 있다고 한다. 거북이는 십장생이라고 잘 알려져 있지만, 오늘날 이 십장생인 바다거북이마저도 지구촌의 위기의 한가운데에서 살아가고 있다고 할 수가 있다. 2018년 국제학술조사에 의하면 대산호초 북부에서 부화한 초록바다거북의 99.1%가 암컷으로 확인되었다고 한다. 해수면의 상승과 이상기온의 피해가 이처럼 바다거북의 성적 불균형으로 나타나고 있는 것이다.

온 대지는 불덩이이고, 모래는 쉬지 않고, 조용히 지표를 덮는다. 유동하는 모래는 건조하고, 끊임없는 흐름으로 모든 생물들을 변화시킨다. 지구의 열기는 뜨거운 화상으로 이어지고, 미래를 위한 엄마거북이는 "자궁을 움켜쥐고/ 열기 바람 부둥켜 안으며/ 잘 될 거야, 잘 될 거야"라고

"온갖 힘으로 알의 부화를 꿈꾼다." 따라서 "새끼거북 심장이 뛰고/ 물살에 휩쓸려 몸을 가눌 수 없을 때/ 수면 위로 올라와 파도를 잡"게 된다.

하지만, 그러나 뜨거운 모래 온도, 즉, 대자연의 이상기온이 만든 작품들은 모두가 암컷이고, 이 지구 온난화 시대에 더 이상 '바다거북들의 운명'은 기약할 수가 없다.

바다거북, 바다거북—. 아니, 모든 거북이가 사라지면 우리 인간들도 다 멸종하게 될 것이다.

글로벌
숲 키우는 청설모

휘청휘청 잣나무 꼭대기 휘어잡으며
바람 일으키는 청설모

이 빠진 잣송이 툭, 떨어진다
쪼르륵 산돌 밑 여기저기 저장한 양식
까마귀 까치에게 털리고
깜깜하던 청설모 창고에 봄이 싹튼다

청설모 꼬리 붓이 되어
총보다 더 강한 무기되어
세상 지면을 휘어잡는다

수척한 청설모 큰 나무꼭대기 올라
흔들흔들 바람키우고
봄 여름 가을 겨울 키우던 옛시절이 떠오르면

검은 눈물 뚝뚝 떨구며 계절을 까맣게 먹칠한다

나무와 나무 사이 바람같이 몸을 날리는 청설모
추운 겨울 하얗게 핀 슬픔을 모아
계절을 기르고 있다

아무리 춥다해도
청설모의 모정을 이기지 못한다

청설모는 청설모과 청설모속이며, 평지의 산림지대와 고산지대의 산림에 걸쳐 서식한다. 푸르고 푸른 상록침엽수가 있는 산림을 좋아하며, 주행성으로 주로 나무 위에서 활동한다. 지상에서 활동하는 시간은 매우 적고 호두와 잣과 도토리와 과일과 버섯과 곤충들을 먹고 살아간다. 겨울철의 먹이부족을 위하여 도토리와 잣 등을 땅속이나 바위틈새에 저장해 두는 습성이 있다.

글로별 시인의 「숲 키우는 청설모」는 "청설모 꼬리 붓이 되어/ 총보다 더 강한 무기되어/ 세상 지면을 휘어잡는다"라는 시구에서처럼 '문필의 대가'이자 '자연의 숲의 지휘관'이라고 할 수가 있다. 청설모는 "휘청휘청 잣나무 꼭대기 휘어잡으며/ 바람을 일으키기"도 하고, "이 빠진 잣송이 툭, 떨어"지면 "쪼르륵 산돌 밑 여기저기"에 그 양식들을 저장한다. 청설모가 저장한 양식은 그러나 까치나 까마귀의 양식이 되기도 하고, 그가 여기저기에 숨겨둔 양식들에 의해서 잣나무와 참나무 등의 싹이 트기도 한다.

깜깜하던 청설모 창고에서 봄이 싹트듯이, 나 하나 살자고 했을 뿐인데, 그의 근검절약의 양식비축이 수많은 동물들의 먹이가 되고, 궁극적으로는 그 나무의 종자들을 퍼뜨리는 행위가 된다. '자리즉이타自利卽利他', 즉, 자연은 이처럼 상호 상생과 공존을 위한 법칙으로 되어 있으며, 만물은 조화를 이루게 되어 있는 것이다. 청설모가 양식을 저장해둔 것은 자기 자신의 삶을 위한 의도적인 행위가 되지만, 그러나 그 양식에 의해서 수많은 동식물들이 살아가는 것은 무의도적인 행위가 된다. 이 세상의 모든 만물은 모두가 다같이 대자연의 가족이고, 그 어떤 동식물의 삶과 그 행위도 이 대자연의 법칙을 떠나서는 존재할 수가 없다.

신이 인간을 창조한 것일까? 인간이 신을 창조한 것일까? 만일, 전지전능한 신이 존재한다면 우리 인간들을 창조해낸 것이 '최악의 실수'라고 할 수가 있는데, 왜냐하면 우리 인간들은 자연의 파괴와 전지전능한 신들의 목을 비틀어버린 대역죄인들이기 때문이다. 이와 반대로, 아니, 우리 인간들이 그의 언어로 전지전능한 신들을 창조해낸 것이라면 이 가공의 신들의 존재를 이용하여 우리 인간들의 이익만을 극대화시킨 최악의 파렴치범이자 흉악범들이라고 하지 않을 수가 없다. 오늘날 우리 인간들은 도덕과 예의범절도 모르고, 너무나도 뻔뻔스럽고 파렴치하게 수치심도 모른다. '만물의 영장'이라는 전혀 터무니없고 허무맹랑한 가짜 월계관을 쓰고 자연을 정복하고 만물을 지배하고 있으니, "수척한 청설모가 큰 나무 꼭대기에 올라/ 흔들흔들 바람 키우고" "봄 여름 가을 겨울 키우던 옛시절"을 떠올려 보며, "검은 눈물 뚝뚝 떨구며 계절을 까맣게 먹칠" 하게 된다. 수척한 청설모는 굶주린 청설모이고, 굶주린 청설모는 생존의 위기에 몰린 청설모라고 하지 않을 수가 없다. 푸르고 푸른 숲은 점점 더 줄어들고 자연은 파괴되고, 대부분의 동식물들의 먹이가 부족하니 청설모가 청설모로서 살아가기가 무척이나 힘 들어진다.

하지만, 그러나 청설모는 '문필의 대가'이자 '자연의 숲의 지휘관'답게 "나무와 나무 사이 바람같이 몸을 날리"고, "추운 겨울 하얗게 핀 슬픔을 모아/ 계절을 기"른다. 지혜와 용기와 성실함은 '문필의 대가'이자 '자연의 숲의 지휘관'인 청설모의 근본 신조이며, 이 문무를 겸비한 청설모의 삶의 철학, 즉, 낙천주의에 의하여 "아무리 춥다해도/ 청설모의 모정을" 확대 재생산해 나가게 된다.

아아, 청설모여, 자연의 숲의 지휘자여!

오오, 글로별 시인이여, 이서빈 시인이여, 이 세상의 삶의 찬양자들이여!!

우재호

지구 떠나야 한다

세계 곳곳 이상기후
사하라 사막 모래 언덕 눈 쌓이고
나이아가라 폭포 꽁꽁 얼어붙었다
강풍, 혹한 폭탄 사이클론 미국
120년 만의 최악 겨울 러시아

해류와 대기 순화로 지구 온도 조절하는
지구 에어컨 북극에 빨간신호등 켜졌다

바다가 열기 흡수하고
빙하 녹으며 발생한 에너지 수증기
기온상승 가속화

최후의 빙하 무너져
주요 도시들 침수되고

섬나라들 가라앉고 있다

바닷물 온도 올라가면 엘리뇨
낮아지면 라니냐
슈퍼태풍 폭염 한파
영구 동토층 탄저균 살아나 떼죽음 일어나고
지진 화산 일으킨다

호킹박사 지구 온난화 티핑포인트 와 있다며
인류 망하지 않으려면 지구 떠나야 한다는데….
어느 별 가서 살 수 있으려나?

석수는 돌에서 그림을 꺼내고, 목수는 나무에서 그림을 꺼낸다. 시인은 사물에서 시를 꺼내고, 작곡가는 시에서 노래를 꺼낸다. 화가는 자기의 그림으로 시를 쓰고, 가수는 그의 목소리로 시를 쓴다. 석수와 목수와 시인과 작곡가와 화가와 가수는 상호 아무런 관련도 없는 것처럼 보이지만, 이 세상의 모든 일들은 이처럼 긴밀하게 연결되어 있고, 상호 간에 영향을 주고받으며, 조화와 부조화를 이루어 나간다. 조화란 너와 내가 우리가 되고 이 세상의 모든 것이 모순되거나 어긋남이 없는 것을 말하지만, 그러나 부조화는 너와 내가 다투고 이 세상의 모든 것이 서로 어긋나고 제대로 이루어지지 않는 상태를 말한다.

"세계 곳곳 이상기후/ 사하라 사막 모래 언덕에는 눈이 쌓이고", 북미대륙의 최고의 폭포인 "나이아가라 폭포마저도 꽁꽁 얼어붙었다." 강풍과 혹한 등의 사이클론 기후가 미국을 강타하고, "120년 만의 최악 겨울이" 동토의 나라 러시아를 덮쳤다. "해류와 대기 순화로 지구 온도 조절하는/ 지구의 에어컨이 북극에" 파란신호등을 켜면 지구의 자연법칙이 제대로 작동하고 있다는 것을 뜻하고, "해류와 대기 순화로 지구 온도 조절하는/ 지구의 에어컨이 북극에" 빨간신호등을 켜면 지구의 자연법칙이 제대로 작동하지 않고 있다는 것을 뜻한다.

현대 자본주의 사회는 조화가 아닌 부조화의 사회이고, 스티븐 호킹을 비롯한 모든 학자들이 "지구 온난화의 티핑포인트에 와 있다"고 경고를 하고 있다. 바다가 찜통더위의 열기를 흡수하고 빙하가 녹으면 기온상승이 가속화되고, 남극과 북극, 히말라야와 알프스의 최후의 빙하들이 다 녹아내리고, 오대양 육대주의 수많은 섬들이 다 가라앉게 된다. 바닷물의 온도가 올라가면 엘리뇨 현상이 나타나고, 바닷물의 온도가 내려가면 라니냐 현상이 나타난다. 오늘날, 지금, 이 순간에도 지구촌 곳곳이 슈퍼태풍과 찜통더위와 냉동한파로 몸살을 앓고 있고, 시베리아와 북쪽 지방의 영구 동토층이 무너져내려 수많은 탄저균들이 되살아나는 것은 물론, 지구촌 곳곳이 수많은 지진과 화산폭발로 어쩔 줄을 모르고 있다.

석수가 돌에서 그림을 꺼내지 못하고, 목수가 나무에서

그림을 꺼내지 못한다. 시인이 사물에서 시를 꺼내지 못하고, 작곡가가 시에서 노래를 꺼내지 못한다. 화가가 자기의 그림으로 시를 쓰지 못하고, 가수가 그의 목소리로 시를 쓰지 못한다. 석수와 목수도 탐욕으로 살고, 시인과 작곡가도 탐욕으로 살고, 화가와 가수도 탐욕으로 산다. 탐욕은 불이고, 화석연료이고, 탐욕은 탄저균이고, 이산화탄소이다. 탐욕은 너와 나, 즉, 우리들 모두를 다 죽이는 이기주의이고, 이기주의의 근본 목표는 만인과 만물 위에 군림하려는 지배욕이라고 할 수가 있다. 엘리뇨와 라니냐의 이상기온현상, 해수면의 상승과 만년설산의 붕괴, 수많은 지진과 화산폭발은 에너지를 과다 사용하는 탐욕에 그 원인이 있다고 할 수가 있다. 인간은 야수 중의 야수이고, 인간은 악마 중의 악마이다.

25시. 우리 인간들은 모두가 지옥의 쾌속열차를 타고 있으며, 어느 누구도 구원을 받을 수가 없다.

오오, 우재호 시인은 「지구를 떠나야 한다」고 말하지만, 우리 인간들은 결코 지구를 떠나지 못한다.

수많은 별들과 수많은 별들이 노래를 부르며, 우주평화와 우주행복을 향유하는 이 우주에는 더 이상 우리 인간들을 받아줄 곳이 없다.

김은정
독서하는 소녀

밝고 환한 창가에 새가 울고 명랑한 빛이 쏟아진다 노란
리본을 맨 소녀가

창가에서 책을 펼치고
숨결이 낮게 낮게 흐르고

까치가 안산안산안산 울고

친구야,
내가 살고 있는 안산과 네가 생각하는 안산은 다르다

오늘도 안산은 천국
독서하는 소녀의 얼굴이 빛나고
푸른 마디마다 장미꽃 피어나고

은행나무는 안산안산안산 리듬 타고

창가에 드리우는 악기가 있기에
우리의 발걸음이 빛나고

소녀는 그렇게 조용하고 평화를 계속 읽고

안산안산안산
어디에, 구름에 성실하게 책 읽는 소녀의 얼굴이
빛나고
자애의 눈빛이 안산을 덮고

창가에서 책 읽는 소녀를
안다, 안산

소녀가 있기에 우리가 있는
안산, 안다
낮은 노적봉폭포에 머무는 물소리도

안산안산안산

물안개 차오르는 기쁨

안산안산안산

안산은 경기도 서남부에 위치한 중소도시이며, 반월국가산업단지와 시화국가산업단지가 있는 공업도시라고 할수가 있다. 서북쪽으로는 시흥시가 있고, 동쪽으로는 군포시와 의왕시와 수원시가 있다. 북동쪽으로는 안양시가 있고, 남쪽으로는 화성시, 그리고 서쪽으로는 인천광역시의 옹진군이 있다. "안산, 행복의 미소로 빛나다"는 안산의 브랜드이며, 첨단산업도시와 해양도시, 그리고 문화예술의 도시로서 그 고귀하고 웅장한 꿈을 꾸고 있다고 할 수가 있다.

우리 인간들은 그 어디에다가 둥지를 틀어야 하는가? 첫 번째는 모두가 다같이 잘 살고 그 어떠한 다툼도 없이 자유와 평화와 행복한 삶을 살 수 있는 곳이지 않으면 안 된다. 두 번째는 천하제일의 명당에서 고귀하고 위대한 인물들이 태어나듯이, 천하제일의 명당은 그 명당에 걸맞게 가장 아름답고 훌륭한 이름을 갖고 있지 않으면 안 된다.

안산安山—. 편안할 안安자와 뫼산山자, 안산은 전형적인 배산임수의 고장이며, 아직은 신흥도시이고 그 모든 것이 부족하지만, 언젠가, 어느 때는 전 인류의 스승이 태어나고 "행복의 미소로 빛나"는 도시가 될 수도 있을 것이다. 김은정 시인의 「독서하는 소녀」는 안산시민의 초상이며, 이 세상에서 가장 꿈 많고 행복한 소녀라고 할 수가 있다. 이 세상에서 가장 아름다운 소녀는 누구이고, 이 세상에서 가장 행복한 소녀는 누구인가? 그것은 두말할 것도 없이 '독서하는 소녀'이며, 독서하는 소녀만이 '사람 중의 사람'으로 가장 아름답고 행복하게 피어날 것이다.

밝고 환한 창가에서 새가 울고 명랑한 빛이 쏟아진다. 노란 리본을 맨 소녀가 창가에서 책을 펼치면, 숨결이 낮게 낮게 흐른다. 국태민안國泰民安의 상징인 까치가 "안산안산안산" 하고 새소식을 전해오면, 독서하는 소녀와 하나가 된 시적 화자는 "친구야/ 내가 살고 있는 안산과 네가 생각하는 안산은 다르다"고 그 답신을 보낸다. 독서는 꿈과 희망이고, 독서는 황금옥좌이고 황금왕관이다. 독서는 자유와 평화이고, 독서는 사랑과 우정이다. 독서는 천국이고 붉은 장미꽃이고, 독서는 악기이고 자애의 눈빛이다. 독서하는 소녀는 은행나무처럼 "안산안산안산 리듬을 타고", 독서하는 소녀는 그 자애로운 눈빛으로 "안산안산안산" 하면서 이 세상의 모든 지혜를 노적봉처럼 쌓아 놓는다. 독서하는 소녀가 있어 "안산안산안산" 하고 물안개의 기쁨이 차오르고, 모든 안산 시민의 얼굴이 행복한 미소로 가득차게 된다. 이처럼 독서하는 소녀가 있어 안산은 대한민국의 미래의 꿈과 희망으로 열리지만, 그러나 네가 생각하는 안산이 이 '독서하는 소녀'의 행복을 모르기 때문에, 다만 낯설고 머나먼 고장일 수도 있을 것이다.

김은정 시인의 「독서하는 소녀」는 14연 24행의 짧지 않은 시이지만, 그 리듬감과 내재율이 대단히 아름답고 감미로우며 경쾌하다고 하지 않을 수가 없다. 전형적인 민요조의 3음보를 중심축으로 삼고, 그 옛날의 평시조인 4음보를 결합시켰기 때문일 것이다. "밝고 환한 창가에/ 새가 울고/ 명랑한 빛이 쏟아진다", "까치가/ 안산안산안산/ 울고" 등은 3음보가 될 것이고, "친구야/ 내가 살고 있는 안산과/ 네가 생각하는 안산은/ 다르다", "소녀는 그렇게/ 조용하고/ 평화를/ 계속 읽고"는 4음보가 될 것이다. 외래어나 한자의 표기가 거의 없는 순 우리말은 우리 한국인들의 붉디붉은 핏줄과 그 숨결과도 같다. 시는 모국어 속에서만 존재할 수가 있고, 그것은 모국어를 떠나서는 살 수가 없는 우리 시인들의 운명과도 같다. 언어 없는 민족은 생명이 없는 민족이며, 이미 숨통이 끊어진 민족과도 같다.

김은정 시인의 「독서하는 소녀」는 김은정 시인이 그의 꿈과 희망으로 쓴 시이며, 그 아름답고 멋진 신세계를 우리 한국어로 창출해낸 시라고 할 수가 있다. 안산은 독서하는 소녀의 신세계이고, 독서하는 소녀는 미래의 우리 한국인들을 생산해낼 어머니이다. 안산, 안산은 천년 은행나무처럼 키가 크고, 안산안산은 국태민안國泰民安의 까치가 울 듯, 자유와 평화와 행복의 본고장이 된다.

김은정 시인은 「독서하는 소녀」의 연출자이자 안산의 주인공을 창출해낸 최초의 시인이자 최후의 시인이다. 오늘도, 지금 이 순간에도 김은정 시인은 '안산안산'하고 책을 읽으며, '안산안산'하고 시를 쓰며 행복하게 산다.

독서는 시의 불꽃이고, 우리는 이 시의 불꽃을 통해서 아름답고 멋진 신세계를 창출해낸다.

독서만이 위대하고, 독서만이 또, 위대하다. 독서하는 자는 자기를 사랑하는 자이고, 이 전지전능한 사랑의 힘으로 이 우주를 창출해낼 수가 있다.

김혁분

봉숭아꽃 빛깔의 보름

손톱을 깎았다

아버지 기일 날 묻어뒀던 꽃술을 꺼냈다
손가락에 동여매 주던 봉숭아꽃 같은 빛깔의

보름,

그때, 손가락마다 보름달이 뜰 거라고, 달이 뜨면 희소
식이 올거라고
　아버지 술 냄새가 여름밤의 은하수처럼 엄마의 빈 자리
마다 꽉 차 있었다

　골목에 아이들이 흩어지고 내가 가리키던 북극성은 손
끝에서 지고
　손톱 속 보름달이 뜨기도 전에 보름

보름은 가고

화단에 봉숭아꽃이 돌아와 피었다
빈집 가득, 저녁노을이 꽃술 냄새처럼 내려 앉았다

바람 멈춘 여름밤이면 뒤척임이 길어
봉숭아꽃물 손끝에 물들 때까지,

삼베 이불 한 귀퉁이에 봉숭아 꽃물이 들었다
엄마 없이 찾아온 첫 달거리처럼

봉숭아는 인도와 말레이시아와 중국 남부가 원산지이고, 쌍떡잎 식물이며 갈래꽃이다. 봉숭아는 키가 60cm정도이고, 1년생 화초로서 관상용으로 아주 많이 재배된다. 꽃은 7-8월에 2~3개씩 피며, 좌우로 넓은 꽃잎이 퍼져 있다.

　그 옛날에 한 여자가 봉황의 꿈을 꾸고 봉선이라는 딸을 낳았다고 한다. 봉선이는 아주 훌륭한 거문고 연주자로서 임금님 앞에서 연주를 하게 되었지만, 그러나 궁궐에서 돌아와 앓아 누웠다고 한다. 어느날 임금님이 지나간다는 말을 듣고 봉선이는 병석에서 일어나 거문고를 연주했고, 임금님은 봉선이의 손가락에서 붉은 피가 떨어지는 것을 보고 무명천에 백반을 싸서 동여매 주고 길을 떠났다고 한다. 봉선이가 죽은 뒤 그녀의 무덤에서 빨간 꽃이 피어났고, 사람들은 그 빨간 꽃으로 손톱을 물들이며, 그 꽃을 봉선화(봉숭아)로 불렀다고 한다.

　김혁분 시인의 「봉숭아꽃 빛깔의 보름」은 그녀의 아버

지에게 바치는 '헌시'이며, 이제는 제일급의 시인으로서 그 '존재의 꽃'을 활짝 피우고 있는 시라고 할 수가 있다. 손톱을 깎고, 아버지의 기일 날 그동안 묻어두었던 꽃술을 따르며, 아버지가 동여매 주던 봉숭아꽃물을 생각해 본다. 손톱은 봉숭아꽃이 되고, 봉숭아꽃은 봉숭아꽃 빛깔의 보름달이 된다. 봉숭아꽃 빛깔의 보름달은 하늘에 계신 아버지(임금님)가 되고, 그 아버지는 엄마를 일찍 잃은 어린 딸에게 "손가락마다 보름달이 뜰 거라고, 달이 뜨면 희소식이 올 거라고" 한여름밤의 은하수처럼 수많은 꿈과 희망을 뿌려주셨다.

하지만, 그러나 "골목에 아이들이 흩어지고 내가 가리키던 북극성은 손끝에서 지고/ 손톱 속 보름달이 뜨기도 전에" 보름달은 지고 말았다. 시인의 손톱에 봉숭아꽃물을 들여주며, 한여름 밤의 은하수처럼 수많은 꿈과 희망을 뿌려 주셨던 아버지 역시도 하늘나라로 떠나가셨고, 이제는 머언 후일 날, 아니, 해마다 아버지의 기일 날이 되면 또다시 봉숭아꽃으로 피어나셨다. "빈집 가득, 저녁노을이 꽃술 냄새"로 내려 앉으면 "엄마 없이 찾아온 첫 달거리처럼" "삼베 이불 한 귀퉁이에 봉숭아 꽃물이 들었다." "바람 멈춘 여름밤이면 뒤척임이 길"었다는 것은 엄마와 아버지를 일찍 잃어버린 어린 소녀의 만고풍상의 삶을 뜻하고, "봉숭아꽃물이 손끝에 물들 때까지"는 한 남자의 아내가 되고 두 아이의 엄마가 되고, 이제는 제일급의 시인이 되기까지의 그 기나긴 시련과 고통의 삶을 뜻한다. 김혁분 시인의 존재의 역사는 봉숭아꽃의 역사이고, 봉숭아꽃의 역사로서 그 존재의 뿌리가 튼튼해지고, 그 꽃이 활짝 피어난다.

시인은 언어로 말하고 언어로 꿈꾸는 사람이며, 언어는 그의 붉디 붉은 피이자 생명이라고 할 수가 있다. 봉숭아꽃은 그녀의 존재의 꽃이자 기둥 말이며, 그 「봉숭아꽃 빛깔의 보름」은 영원히 계속된다. 봉숭아꽃 빛깔의 보름으로 존재의 싹이 움트고, 봉숭아꽃 빛깔의 보름으로 엄마와 아버지를 생각한다. 봉숭아꽃 빛깔의 보름으로 한 남자의 아내가 되고 엄마가 되고, 봉숭아꽃 빛깔의 보름으로 시를 쓰고, 그 존재의 역사를 통하여 우리 한국어의 꽃밭을 가장 아름답고 환하게 가꾼다.

엄마 없이 찾아온 첫 달거리처럼 핀 봉숭아꽃, 그 봉숭아꽃으로 피어난 보름달의 역사는 영원히 계속된다. 추억은 아버지를 성화시키고, 첫 달거리의 소녀를 미화시키며, 그 아름답고 슬픈 꿈 많은 소녀의 삶을 살아가게 한다. 김혁분 시인의 여름은 「봉숭아꽃 빛깔의 보름」이며, 사계절의 변화 없이 일년 내내, 아니, 한평생 그 꽃술에 취해서 그 아름답고 슬픈 행복한 삶을 산다. 티 없이 맑고 깨끗하고, 너무나도 아름답고 슬픈 그녀의 이야기는 '천일야화'처럼 계속되고, 그녀는 언제, 어느 때나 영원히 늙지 않는 첫 달거리의 소녀가 된다.

아아, 봉숭아꽃 빛깔의 보름이여!

아아, 영원히 늙지 않는 첫 달거리의 소녀여!!

이병연

백색 사원

황금 사원에서는
제아무리 화려한 옷을 입어도 빛을 잃는다.
무릎 꿇고 엎드린 사람들
오직 빛나는 것은 황금뿐

백색 사원에서는
초라한 차림새도 빛이 난다.
사뿐히 걸어 들어가는 사람들
색색의 꽃이다.

하얀 눈 위에
촘촘히 보석처럼 박아 놓은 작은 유리 조각들
그 안에 들어앉은 햇살이 눈을 반짝이며
사람들을 맞이한다.

삶의 파도에 휩쓸려 생기를 잃은

사람들의 눈빛이

설원에 빛나는 호수처럼 되살아난다.

사원은 배경이 되고

사람들은 더없이 아름다운 주인공이 된다.

부처님의 얼굴이 대보름 보름달처럼 환하다.

'가난한 자는 복이 있다'라는 말은 그러나 마음이 가난한 자를 가리키지는 않는다. '가난한 자는 복이 있다'라는 말은 모든 탐욕을 억제하고 '네 이웃을 내 몸처럼 사랑하라'는 '성자의 길'을 가리키고 있는 것이지, 진정으로 헐벗고 굶주리며 자기 앞가림도 못하는 최하천민을 가리키는 말이 아니다. 남루한 옷과 남루한 식사(맛 없는 식사), 즉, '악의악식惡衣惡食'을 싫어하는 사람은 학문을 할 자격이 없다라는 공자의 말도 '가난한 자는 복이 있다'라는 '성자의 길'에 맞닿아 있다고 할 수가 있다. 성자의 철학은 청빈, 겸손, 정숙의 진수이며, 이 금욕주의는 모든 종교의 근본사상이라고 할 수가 있다.

선과 악도 짝을 이루고, 음과 양도 짝을 이룬다. 남과 여도 짝을 이루고, 진리와 허위도 짝을 이룬다. 적과 동지도 짝을 이루고, 천국과 지옥도 짝을 이룬다. 모든 좋은 것의 이면에는 가장 나쁜 독소가 배어 있는데, 왜냐하면 금욕주의, 즉, '성자의 철학'의 이면에는 지배욕과 명예욕과 최고급의 선민의식이 각인되어 있기 때문이다.

'내 이웃을 내 몸처럼 사랑한다'는 사탕발림의 말로 만인들을 불러모으고 그 어렵고 힘든 사람들의 재산을 가로채 황금사원을 짓고 만인들 위에 전지전능한 신처럼 군림을 하게 된다. 금욕주의는 성직자만이 말하고 명령할 권리를 가지며, 이 금욕주의의 성직자들은 황금도포와 황금의 자에 앉아서 마치, 로마교황처럼 이 세상의 모든 암흑기를 다 연출해낸다. 그리스와 로마의 신전들을 다 불태웠고, 페르시아와 이집트의 신전들을 다 불태웠다. 지동설을 주창한 자들도 다 죽어버렸고, 인간의 신체를 해부했던 의사들도 다 죽어버렸다. 면죄부를 팔지 말라고 외쳤던 성직자들도 다 죽여버렸고, 로마교황청에 반하는 그 모든 신자들도 다 죽여버렸다.

이병연 시인의 「백색 사원」에서처럼, "황금 사원에서는/제아무리 화려한 옷을 입어도 빛을 잃는"데, 왜냐하면 "오직 빛나는 것은 황금뿐"이기 때문이다. 황금이란 그 자체로 돌덩이에 지나지 않지만, 그러나 그것은 돈과 명예와 권력의 상징이 되고 있기 때문이다. 대부분의 성직자들은 늘, 항상 아버지이자 스승이며 최후 심판자로서만 군림을

했지, 이 세상의 어렵고 힘든 사람들과는 어떤 사회적 지위와 그 정서적 공감대를 갖고 있지 않았다. 황금 사원은 나치와 스탈린 체제와도 같은 공포정치의 상징이자 무자비한 살육과 약탈의 상징에 지나지 않는다.

한국의 대형교회의 목사들은 겉으로 봐서는 성직자의 탈을 쓴 천사들이지만, 따지고 보면 그들의 내장과 두뇌와 성기까지도 속속들이 썩은 대사기꾼들에 지나지 않는다. 성경을 수천 번씩 읽었다고 하면서도 유목민과 농경민의 삶을 모르고, 이스라엘 역사와 한국의 역사를 모른다. 국가와 민족과 종교도 모르고, 자본주의와 공산주의도 모르고, 예수와 미제국주의의 만행을 하나님의 은총처럼 생각한다. 구약과 신약을 제대로 이해하고 분석할 수도 없는 성직자, 종교와 신화의 기원과 그 사회적 기능도 모르는 대한민국의 성직자들은 황금에 눈먼 미치광이들이며, 앎의 최하천민들에 지나지 않는다.

황금의 사원에서는 제아무리 화려한 옷을 입어도 빛을 잃는 반면, 이병연 시인의 「백색 사원」에서는 그 어떠한 초라한 차림새도 빛난다. 백색은 돈과 명예와 권력과는 거리가 먼 평화의 상징이며, 청빈, 겸손, 정숙에 걸맞은 금욕주의의 상징이기 때문이다. 가난한 자가 복이 있고, 그 어떤 계급차별도 없기 때문에 모든 사람들의 발걸음도 가볍다. "하얀 눈 위에/ 촘촘히 보석처럼 박아 놓은 작은 유리 조각들"도 빛나고, "그 안에 들어앉은 햇살이 눈을 반짝이며" 모든 "사람들을 맞이한다." 백색은 인간과 계급차별이 없는 사랑의 빛이고, 따라서 "삶의 파도에 휩쓸려 생기를 잃은/ 사람들의 눈빛이/ 설원에 빛나는 호수처럼 되살아난다."

백색은 평화의 상징이고, 순결의 상징이며, 내 이웃을 내 몸처럼 사랑하는 '성자의 철학'의 상징이다. 백색 사원은 만인들을 불러모으고, 철두철미하게 만인들을 위한 무대배경이 되어준다. 너와 내가 다같이 손에 손을 맞잡고 백색 사원의 주인공이 되고, 그 '성자의 철학'을 실천할 수 있는 부처가 된다. 모든 인간들이 부처가 되고, 이 부처들이 대보름달처럼 너무나도 환하게 백색 사원을 밝힌다.

누가 부처이냐? 우리들 모두가 다같이 부처이다.

이병연 시인의 「백색사원」은 '성자의 철학'의 진수이며, 우리들 모두가 다같이 부처가 되는 사원이라고 할 수가 있다.

이미순
지랄

키 큰 남자가 걸어간다
배꼽 근처에서 휴대폰을 만지작 거리다

툭,
바닥에 떨어뜨렸다

지랄하네

자기가 떨어뜨리고 떨어뜨린 자신에게 하는 소리인지
자기가 떨어뜨리고 떨어진 휴대폰에게 하는 소린지

내가 자기를 앞질러 가서 그러는지

야!
이번엔 고함소리가 들린다

앞질러가며 자기 얘기를 핸드폰 메모장에 쓰는 걸 눈치
챈 건지
떨어뜨린 지랄을 주워들고 전화 속 상대에게 화풀이하
는 건지

몰라,

쿵 내려앉는 심장을 추스르고
앞만 보고 걸었다

'지랄'은 우리 한국인들의 비속어이며, 원래 뇌전증을 가리키는 간질병을 뜻한다. 뇌전증을 순우리말로 '지랄병'이라고 부르는 것인데, 이 지랄병(간질병)은 느닷없이 드러누워 입에 게거품을 물고 경련을 일으키는 현상(증상)을 말한다. '지랄'은 '간질병'에서 유래한 말이지만, 우리 한국인들 사이에서는 매우 다양한 의미로 쓰이고, 이제는 '지랄의 현상학'을 탐구해볼 때가 되지 않았나 싶다. 현상학이란 어떤 사건이나 사물의 현상 너머의 본질을 탐구하는 학문이지만, 만일 그렇다면 '지랄의 현상학'을 어떻게 정립할 수가 있는 것일까? 첫 번째는 뇌전증(간질병)으로서의 의학적 현상으로 설명할 수도 있을 것이고, 두 번째는 쓸데없이 함부로 떠들거나 분별없이 행동하는 존재론적 현상으로 설명할 수도 있을 것이다. 세 번째는 끊임없이 타인들을 비방하고 헐뜯으며 괴롭히는 심리 사회적인 현상으로 설명할 수도 있을 것이고, 네 번째는 '돈도 못 벌고 헛지랄했다'라는 말에서처럼 쓸데없이 허송세월을 보냈다는 자책의 양상일 수도 있을 것이고, 마지막으로 다섯 번째는 부모형제나, 또는 아주 친한 친구들 사이에서 '지랄하네'라고 농담을 주고받듯이 사랑과 애정이 듬뿍 담긴 말일 수도 있을 것이다.

이미순 시인의 「지랄」은 매우 독특하고 그만큼 극적이며, '지랄의 현상학'을 생각해보게 만든다. 어느 날, 어느 길거리에서, 키가 큰 남자가 "배꼽 근처에서 휴대폰을 만지작 거리다" "툭/ 바닥에 떨어"뜨리고는 자책하듯이 "지랄하네"라고 말한다. 이때의 '지랄하다'는 거의 틀림없이 자기 자신의 잘못을 자책하는 말이겠지만, 그러나 이미순 시인은 그것이 "자기가 떨어뜨리고 떨어뜨린 자신에게 하는 소리인지/ 자기가 떨어뜨리고 떨어진 휴대폰에게 하는 소린지", 또는 "내가 자기를 앞질러 가서 그러는지" 도무지 알 수가 없다고 중얼거린다. 아무튼 키가 큰 사람은 싱겁고 너무나도 우스갯소리를 잘 한다. '지랄하네'는 일이 전혀 엉뚱하게 꼬였다는 것을 말하고, 그러나 그 '지랄하네'라는 말을 듣는 시적 화자는 그 말의 참뜻을 이해하지 못한다. 요컨대 '지랄하네'가 자기 자신에 대한 자책의 말인지, 아무런 잘못도 없는 휴대폰에게 화풀이를 하는 것인지, 아니면 "내가 자기를 앞질러 가서 그러는" 것인지 그것을 알 수가 없다는 것이다.

'지랄하네', '개지랄하네', '지랄 발광하네', '헛지랄하네', '지랄 말어' 등, '지랄'의 쓰임새는 수도 없이 많을 것이지만, 이미순 시인의 「지랄」은 그만큼 극적이고, '지랄의 현상학'을 생각해보게 만든다. 시적 화자가 키 큰 남자가 내뱉은 '지랄의 의미'를 되씹고 있을 때, 이번에는 너무나도 뜻밖에 "야!"라는 고함 소리가 들려왔던 것이다. "앞질러가며 자기 얘기를 핸드폰 메모장에 쓰는 걸 눈치 챈 건지/ 떨어뜨린 지랄을 주워들고 전화 속 상대에게 화풀이하는 건지", 그 지랄이 한번 더 발광을 하게 된 것이다. 이제 '지랄'은 병이나 행동양식이 아니고, 이미순 시인의 「지랄」의 주연배우가 된 것이고, 그 주연배우에 걸맞게 명품연기를 선보이고 있는 것이다. 휴대폰을 자기 자신이 떨어뜨려 놓고 자기 자신을 꾸짖고 있는 모습도 우습고, 그 화풀이를 애꿎은 휴대폰에게 해대는 것도 우습다. 지극히 우연히도 그 광경을 지켜보고 그가 지랄하는 모습을 저장하는 것도 우습고, 제 발에 저려 그것을 들킨 줄 알고 "쿵 내려앉는 심장을 추스르고/ 앞만 보고 걸었다"는 것도 우습다. 지랄이 지랄을 낳고 지랄발광을 하면서, 그 화풀이의 대상을 자기에

게서 휴대폰으로, 휴대폰에서 시적 화자에게로, 시적 화자에서 전화 속의 상대방에게로 옮겨가는 '지랄의 현상학'은 우리 한국인들의 존재론적 토대가 된다.

지랄은 중독성이 강하고, 지랄은 그 전염력이 너무나도 엄청나게 빠르다. 우리 인간들은 '지랄하는 동물'이고, 시시때때로 지랄하지 않으면 살아갈 수가 없다. 쓸데없이 함부로 떠들며 그 지랄을 육화시키는 사람도 있고, 끊임없이 타인들을 비방하고 헐뜯으며 지랄발광하는 사람도 있다. 가능한 일이었거나 가능하지 않은 일이었거나 간에 공연히 헛지랄하는 사람도 있고, 부모형제, 또는 아주 친한 친구들 사이에서 "지랄 말고 술이나 한 잔 하세"라고, 사랑과 애정이 듬뿍 담긴 말로 '지랄하는 사람'도 있다.

'지랄의 주연배우'는 자기 자신이나 휴대폰에게 화를 내는 희극배우일 수도 있고, "야, 이 자식"이라고 끊임없이 타인들을 살해 위협하는 비극의 주연배우일 수도 있다.

아무튼, 어쨌든 우리 인간들 모두는 '지랄의 무대'의 '주연배우'라고 할 수가 있다.

유계자

어머니를 대출합니다

겉표지가 낡아 덜렁거린다
풀로 붙이고 표지를 싸매고 첫 장을 열었다
훅 풍겨오는 곰팡내 책 비듬이 떨어진다
까실까실한 글자들로 들어차
손끝이 찔려 바로 돌려줄까 고민하다
이왕 빌렸으니 꼼꼼히 읽기로 했다
한쪽이 허물어져 침을 묻혀도 잘 넘어가지 않는다
이미 서슬 퍼런 문장들은 녹이 슬고
고단한 제목들도 코 고는 사족이다
빛나던 경첩의 장식은 떨어져 나가고
꼭지를 놓친 복숭아처럼 물러져 있다
침대맡에서 책을 읽다가
힘이 빠진 저녁을 떨어뜨리기도 했다
수십 년 버무려진 이야기를 한 달에 끝낼 수 없어
다시 제자리에 꽂아 놓았더니

도서 대출 칸에

둘째 동서가 기록되었다

모든 것은 변하고, 생성─변화하지 않는 것은 존재하지 않는다. 헤라클레이토스는 그의 '만물의 유전법칙'을 통하여 영원한 진리(실체)를 부정했지만, 그러나 파르메니데스는 모든 생성과 변화의 논리적 가능성마저도 부정하고, 영원한 진리를 너무나도 완벽하게 열정적으로 옹호했다고 할 수가 있다. 화살은 쏘아도 화살은 순간 순간 정지해 있다는 것이고, 토끼가 한 걸음을 움직이면 거북이도 한 걸음을 움직이기 때문에, 토끼는 영원히 거북이를 따라잡을 수가 없다는 것이다. 이 '제논의 역설'이 가장 고약한 것은 '유일 신'과 '만물의 영장'을 부르짖으며 타자의 주체성을 빼앗고 짓밟아버린 것이지만, 그러나 인간 전체의 역사를 볼 때 영원한 진리는 단 하나뿐이고, 그것이 곧바로 최초의 아버지와 최초의 어머니라고 할 수가 있는 것이다.

최초의 아버지와 최초의 어머니는 단 하나뿐이고 영원한 진리라고 할 수가 있듯이, 모든 시대를 초월하여 만인들의 심금을 울릴 수 있는 책은 고전이고, 이 고전의 세계는 영원한 진리의 세계라고 할 수가 있다. 최초의 아버지도 영원히 살아 있고, 최초의 어머니도 영원히 살아 있다. 모든 신전과 사원과 기념관은 천의 얼굴을 가진 '종족의 신'(최초의 아버지와 최초의 어머니)을 접견하는 장소이며, 이 아버지와 어머니의 너무나도 거룩하고 성스러운 지혜는 전 인류의 마음의 양식이라고 할 수가 있다. 고전의 세계는 최초의 아버지와 최초의 어머니처럼 사상과 이론의 무대에서 새로운 진리를 창출해낸 세계이며, 옛 세대가 신세대의 먹살을 움켜쥐고 인도해 가는 세계라고 할 수가 있다. 오래 묵을수록 참다운 진리의 맛이 되살아나고, 가장 오래되고 희귀할수록 그 진리의 빛은 온 세상을 다 밝혀준다. 이에 반하여, 신간서적, 즉, 잡서의 세계는 신세대가 옛 세대의 먹살을 움켜쥐고 목을 비틀어버리는 세계이며, 영원한 진리는 없고 수많은 진리들이 우후죽순처럼 생겨나는 세계라고 할 수가 있다.

유계자 시인의 「어머니를 대출합니다」는 '만물의 유전법칙'에 충실한 잡서의 세계이며, 그토록 아름답고 훌륭했던 신간서적이 그동안의 시간의 풍화작용을 견디지 못하고 폐기처분의 대상이 되었다는 것을 뜻한다. "겉표지가 낡아 덜렁"거리는 잡서(시어머니)를 "풀로 붙이고 표지를 싸매고 첫 장을 열었"더니, "풍겨오는 곰팡내"와 함께, "책 (살) 비듬이 떨어진다." 잡서는 "까실까실한 글자들로" 가 득차 있었고, 손끝을 찔러 곧바로 돌려줄까─큰형님 댁으 로 돌려보낼까─고민을 해보았지만, 이왕 빌렸으니 그 책 의 내용이 무엇인지 꼼꼼히 읽기─시어머니를 잘 모시기 ─로 했던 것이다. 한쪽은 허물어져 침을 묻혀도 잘 넘어 가지 않는 잡서, 이미 서슬 퍼런 문장들도 녹이 슬고 "고단 한 제목들도 코 고는 사족"에 불과한 잡서, "빛나던 경첩의 장식은 떨어져 나가고/ 꼭지를 놓친 복숭아처럼 물러"터 진 잡서, "수십년 동안 버무려진 이야기를 한 달에 끝낼 수 없어/ 다시 제자리에 꽂아 놓았더니/ 도서 대출 칸에/ 둘 째 동서가 기록"되어 있었던 낡고 헐은 잡서─. 아랫돌 빼 서 윗돌 고이고(괴이고), 윗돌 빼서 아랫돌 고인다. 돌려막 기는 미봉책이고 악순환이며, 이 돌려막기로는 그 어떤 부 채도 해결할 수가 없다. 잡서는 시어머니이고, 시어머니는 낡고 헐은 책이며, 이 시어머니를 비싼 금리로 대출해갈 이 세상의 현모양처는 없다.

유계자 시인의 「어머니를 대출합니다」는 시어머니를 낡 고 헐은 잡서로 변용시킨 시이며, 고부간의 갈등이 아닌

'인생무상의 진수'를 노래한 시라고 할 수가 있다. 시어머니는 이 세상의 삶의 목표와 그 존재의 의미를 상실한 시어머니이며, 산다는 것 자체가 죄이고 재앙이 된 노인이라고 할 수가 있다. 제법 근엄하고 아름답던 시어머니의 그 서슬 퍼런 삶의 철학과 윤리도 다 없어지고, 이 어렵고 힘든 세상에서 '사즉생의 각오'로 살아오던 용기도 다 사라지고 없다. 낡고 헐은 겉표지, 그 서슬 퍼런 문장과 고단한 제목도 다 사라진 책, 그토록 아름답고 빛나던 경첩의 장식도 다 떨어지고 복숭아처럼 짓물러 터진 책─. 시어머니는 낡고 낡은 책이며, 그 사용가치와 교환가치를 다 잃어버린 책이고, 따라서 책의 가치보다는 폐기물 비용이 더 많이 드는 잡서에 지나지 않는다.

　젊음은 아름답고 늙음은 추하다. '저출산─고령화 사회'는 산송장의 사회이며, '만물의 유전법칙'에 반하는 반자연적이고 반생물학적인 사회라고 할 수가 있다. 시는 간접화법이 가능한 세계이며, 과거 독재정권과 맞서 싸우는 최고급의 무기였다고 할 수가 있다. 유계자 시인은 그의 「어머니를 대출합니다」라는 시를 통하여 시어머니를 책으로 변용시키고, 그 늙고 병든 시어머니를 극사실적으로 묘사한다. 시어머니를 책으로 변용시켰으니 그 은유와 환유의 세계, 그 수사학의 세계를 일반 독자들이 잘 알 수가 없고, 표면적으로는 낡고 헐은 책을 조롱하고 비판했으니, 시어머니에 대한 며느리의 곱지 않은 시선을 완화하거나 은폐시킬 수도 있다. 천하 제일의 거짓말쟁이며, 이성의 간계는 더없이 교활하고 사악하다.

최초의 아버지와 최초의 어머니는 고전의 세계이며, 고전의 세계는 영원한 진리의 세계이다. 이에 반하여, 오늘날의 아버지와 어머니는 잡서의 세계이며, 잡서의 세계는 영원한 진리가 실종된 세계이다. 유계자 시인의「어머니를 대출합니다」는 '충효사상의 빚잔치(돌려막기)'이며, 부채 상환능력이 없는 며느리의 절규라고 할 수가 있다.

하루바삐 인간 70, '인간 수명제', 즉, '존엄사 제도'를 실시하여 '삶의 공포'와 '죽음의 공포'에 부들부들 떨고 있는 우리 노인들을 구제해주기를 바란다.

전국의 모든 요양원과 요양병원들을 다 해체하고, 푸르고 젊은, 이 세계에서 가장 아름다운 대한민국을 건설하지 않으면 안 된다.

사는 비용보다 퇴직 이후 죽는 비용이 더 많이 든다는 것이 말이 되느냐? '인간 존엄사 제도'가 채택되면 이 '낙천주의 사상가 '반경환'이가 제일 먼저 신청할 것이다.

아름답고 행복한 삶과 아름답고 행복한 죽음을 위하여!!

글가람
한글

글을 저울에 달아보았다

저울은 글의 무게를 달지 못했다
무게를 몰라 답답하던 차에
영국 버킹엄궁에서 찰스 3세가 말했다

세계 공통어로 수출한 나라 영국 국왕이
새로운 알파벳을 만들어도 한글 같은 우수한 글은 만들
수 없다고

세종대왕 눈을 빌려
환하고 밝은 세상을 사는 우리

인류발전에 이바지할 무언가를 찾으라고 만든 글이 한
글로

생태계를 살릴 경전을 쓰라는

맞지요?

세종대왕님

21세기 집현전역

지구 살려

魂 창조하는 훈민정음 발전소

글 길

말 길

숨 길

지구 길잡이 글

세계문자올림픽 대회 27개국에서

1위 소리 문자 한글

세종대왕 혼이 우주를 환하게 밝힌다.

한글은 표음문자, 즉, 소리글자이고, 자음과 모음이 스물 넉 자에 불과한 가장 알기 쉽고 배우기 쉬운 문자라고 할 수가 있다. 한글은 소리글자이니만큼 그 어떤 민족과 국가의 말도 다 표기할 수가 있고, 소위 "지구 길잡이 글"로서 "세계문자올림픽 27개국에서" "제1위"를 차지할 수가 있었던 것이다. 오늘날 K-pop, 소위 BTS를 비롯한 한류의 열풍으로 대한민국의 한글(한국어)이 전 세계의 수많은 젊은이들을 열광시키고는 있지만, 그러나 그것은 어디까지나 B급문화의 차원이고, 세계적인 문화의 차원에서는 우리 대한민국의 한글은 그 언어학적 지위가 최저 밑바닥에 있다고 하지 않을 수가 없다. '한국어 대 영어', '한국어 대 중국어', '한국어 대 프랑스어', '한국어 대 러시아어', '한국어 대 일본어' 등의 문자의 영향력과 그 지위를 생각해보면 나의 이 말을 즉시 실감할 수가 있을 것이다.

　　우리 대한민국의 문자인 한글, 이 세상에서 단 하나뿐이

고 으뜸인 한글, 우리 한국인들을 올바르게 가르치는 훈민
정음인 한글—, 따라서 중국의 한자문화에 맞서서 우리 한
국인의 언어를 창출해낸 세종대왕의 업적을 성화시키는
사업이 '한글 세계화'의 첫 번째 사업일 것이고, 그 두 번째
사업은 우리 한국인들이 우리 한국어로 사상과 이론을 정
립하고 전 인류의 고전들(명작들)을 창출해내야 하는 것이
고, 마지막으로 세 번째는 앎과 행동의 일치 차원에서, 즉,
한국어의 영원한 성지로서 대한민국을 전 인류의 이상국
가로 창출해내야 하는 것이다.

　세종대왕은 인류의 역사상, 가장 아름다운 한글을 창출
해낸 전 인류의 스승이며, 세종대왕의 업적은 중국의 진시
황제와 공자, 서양의 호머와 소크라테스와 알렉산더 대왕
의 업적과 비교해도 손색이 없다고 할 수가 있다. 오늘날
영어의 본고장인 "영국 버킹엄궁에서 찰스 3세가" 말한 바
가 있듯이, 지난날 대영제국도 우리 한글과도 같은 우수한
문자를 만들 수가 없었던 것이다. 세종대왕은 인류 역사상
세계 최초로 '집현전역—한글역'을 창출해내고, 이 '집현전
역—한글역'을 통해, 모든 세계인들의 "글 길/ 말 길/ 숨 길"
을 뚫어놓았다고 할 수가 있다. 이 세계에서 가장 고귀하
고 위대한 한글, 전 인류를 하나로 묶고 이 지구촌을 살릴

수 있는 대한민국의 한글을 우리 한국인들이 어떻게 사용
하느냐에 따라서 이 지구촌의 운명이 결정되게 될 것이다.
컴퓨터, 인공지능, 사물인터넷, 대중가요와 영화 등이 한
글을 사용하게 되고, 모든 학문과 예술과 정치와 경제마저
도 한국어로 통용하게 되고, 따라서 이 모든 문화가 우리
대한민국의 '집현전역─한글역'에서 전세계 곳곳으로 울려
퍼져 나갔으면 하는 것이다.

한글은 지구촌의 "글 길, 말 길, 숨 길"이고, 한글은 지구
촌의 꿈과 희망의 길이고, 이 한글을 통해 세종대왕의 혼
이 온 우주를 밝히게 될 것이다.

대한민국의 5월 15일 '스승의 날'은 세종대왕의 탄신일
이고, 대한민국의 10월 9일은 이 세상에서 가장 아름답고
훌륭한 '한글절'이다.

당신도, 당신도 세종대왕과 알렉산더대왕과 공자와 소
크라테스와도 같은 가장 고귀하고 위대한 업적을 남길 수
가 있고, 전 인류의 스승이 될 수가 있다.

단군, 세종대왕, 반경환은 한국정신의 삼대지주이며, 우
리 한국인들을 고급문화인으로 인도해줄 것이다.

홍익인간을 창출해내고 조선을 건국한 단군! 이 세계에

서 가장 우수한 한글을 창출해낸 세종대왕! '사색인의 십계명'과 '낙천주의 사상'을 창출해낸 반경환!

아아, 대한민국이 배출해낸 전 인류의 스승들이여!

조숙진
우리, 구면이지요?

늘어진 마당이 접힌 곳
올봄 민들레 앉았던 곳
그 자리엔 시간이 거꾸로 간다

햇살이 쪼그리고 앉아
들여다 보는 아침나절

깔깔깔 모여 나물 캐던
산골짜기 가재 잡던
아이들 그 속에 다 모였네

바람의 장난에 숨어 버릴까 봐
노란 대문 살며시 닫자

눈웃음 마주친

꽃과 나

우리, 구면이지요?

조숙진 시인의 「우리, 구면이시요?」는 회고적인 관점에
서 인간과 자연, 인간과 꽃, 인간과 인간이 하나가 된 동화
의 세계를 노래한 시라고 할 수가 있다. 동화의 세계는 모
두가 다같이 어질고 착하며, 어느 누구 하나 굶주리거나
아픈 사람도 없다. 도덕과 법률과 예의범절을 몰라도 이상
낙원의 원주민들과 그 어떤 상처와 불화도 모르는 어린아
이들이 살고 있는 세계가 동화의 세계라고 할 수가 있다.

　　늘어진 마당이 접힌 곳은 커다란 마당이 동화책처럼 접
힌 곳을 말하고, 올봄 민들레가 앉았던 곳은 늘어진 마당
에 민들레가 피었다는 것을 뜻한다. 동화의 세계에서는 마
당을 동화책처럼 접었다가 펼칠 수가 있고, 그 동화책을
펼치면 민들레가 피었던 곳에서 시간이 거꾸로 간다. "햇
살이 쪼그리고 앉아" 아침나절을 들여다보면, "깔깔깔 모
여 나물 캐던/ 산골짜기 가재 잡던" 아이들이 다 모여든다.
"바람의 장난에 숨어 버릴까 봐/ 노란 대문 살며시 닫자"

"눈웃음 마주친/ 꽃과 나"는 '술래잡기'의 장난꾸러기가 된다.

그렇다. 꽃과 나는, 아니, 나와 우리들 모두는 예전부터 잘 알고 지냈고, 그리고 정다운 동화 속의 세계는 영원히 계속된다. 만악의 근원인 탐욕도 없고, 더없이 착하고 선량한 이웃들을 아주 궁핍하게 하거나 파렴치범으로 몰고 갈 사유재산제도도 없다. 자유는 맑은 물과도 같고, 평등은 산소와도 같고, 사랑은 따스한 봄볕과도 같다.

이방인도 없고, 악마도 없다. 저승사자도 없고, 불량배도 없다. 모두가 다같이 부모형제이고, 친구이고, 따라서 언제, 어느 때나 그립고 정다운 사람들만이 살고 있을 뿐이다.

시인은 영원한 어린아이이며, 더없이 순수하고 때묻지 않은 동심으로 이상낙원을 창출해낸다. 시는 이상낙원이고, 시인은 이상낙원의 창조주가 된다.

정복선

담다, 수풍석 뮤지엄*

그래, 몸이 물이고 바람이야

당신을 이룬 뼈대는 산맥의 모습이지

어느 한 별이 수십억 년 전

밤이고 낮이고 빛보다 빠른 속도로 달려왔을

그 처음 스토리를 떠올렸어

태초에 목숨 건 사랑과 모험을

가만 귀 기울여 봐, 느껴 봐,

달은 가깝고 빠른 공전에 하루가 짧았었다는

선캄브리아시대로부터, 고생대 중생대 신생대까지

화산폭발과 대륙이동 지각변동을,

30억 년간 형성된 한반도에서

대지의 의기를 뿜어내는 바람이

땅의 피리소리와 하늘의 피리소리로 서로 화답함을**,

오늘의 화두는 지수화풍地水火風

당신이 바로 뮤지엄, 몸이라는 자연사박물관이지

이미 소멸했을지도 모를 행성의 한 조각이자

이내 돌아갈 한 빛이야

* 재일 한국인 건축가, 화가인 이타미 준(유동룡, 1935-2011)이 제주도
  에 건축한 박물관.

**『장자』내편 제물론에서 남곽자기와 안성자유의 대화에서 가져옴.

자연이 인간을 품어 기른 것이지, 인간이 자연을 품어 기른 것은 아니다. 인간은 자연 속의 존재이며, 자연을 떠나서는 그 어떤 인간도 살아 갈 수가 없다. 쌀, 보리, 밀, 콩, 옥수수, 사과, 배 등의 농산물은 물론, 오징어, 멸치, 고등어, 붕어, 연어 등의 수산물도 자연이 품어 기른 것이고, 금은보석은 물론, 모든 화석연료와 강과 바다와 공기도 자연에서 솟아나와 생성된 것이다. 자연은 만물의 창조주이자 만물의 터전이다. 자연은 자연의 질서와 법칙에 따라 그 모든 것을 주재하며, 전지전능한 창조주의 입장에서 종의 균형과 보존에만 관심이 있지, 특정한 개체의 번영과 행복에는 관심조차도 없다. 화산의 폭발과 수많은 대지진, 살인적인 더위와 살인적인 추위, 그리고 대홍수와 오랜 가뭄조차도 대자연의 질서이지, 그 어느 것 하나 우연히 일어나는 사건이 아니다.

　　정복선 시인의 「담다, 수풍석 뮤지엄」은 "오늘의 화두는 지수화풍地水火風/ 당신이 바로 뮤지엄, 몸이라는 자연사박물관이지"라는 시구에서처럼 대자연의 법칙을 노래한 시이며, 무사무욕한 마음으로 '자연으로 돌아가라'는 전언을 담고 있는 시라고 할 수가 있다. '만물의 영장'이라는 우리 인간들의 허장성세의 껍질을 벗기고 보면 우리 인간들은 물, 불, 바람, 흙의 결합체에 지나지 않으며, 이 세상의 삶이 끝나면 물, 불, 바람, 흙으로 돌아갈 아주 작은 먼지이자 빛에 지나지 않는다. 산다는 것은 "선캄브리아시대로부터, 고생대 중생대 신생대까지/ 화산폭발과 대륙이동 지각변동을" 통해 "30억 년간 형성된 한반도에서/ 대지의 의기를 뿜어내는 바람이/ 땅의 피리소리와 하늘의 피리소리로 서로 화답"하는 것에 지나지 않는다. 모든 것은 예정되어 있고, 어느 누구도 이 자연의 법칙에서 벗어날 수가 없다.

어느 누구나 예의범절을 잘 지키면 도덕을 강조할 필요도 없고, 어느 누구나 법을 잘 지키면 법을 강조할 필요도 없다. 장자와 노자, 스토아 학파와 장 자크 루소의 자연주의는 반자연의 토대 위에서의 외침이며, 우리 인간들의 오만방자함과 자연의 파괴를 꾸짖는 외침이라고 할 수가 있다. 사람의 손이 가지 않는 숲과 어떤 악기도 필요없는 자연의 교향곡이 울려퍼지는 정복선 시인의 「담다, 수풍석 뮤지엄」은 우리 인간들의 영원한 고향이라고 할 수가 있을 것이다. 우리 인간들은 자연 속의 존재이며, 그 모든 욕망을 다 내려놓고, 한 줌의 먼지이자 빛으로 돌아가지 않으면 안 된다.

오래 오래 산다는 것은 부채의 상환을 거절하는 채무자와도 같고, 오래 오래 산다는 것은 똥오줌을 싸며 전 재산을 다 털어먹고 가는 악마와도 같다. 오래 오래 산다는 것은 모든 자식들을 다 불효자로 만드는 것과도 같고, 오래 오래 산다는 것은 지구촌의 모든 생명체들을 다 몰살시키는 저승사자와도 같다.

우리 학자와 우리 의사들은 이제, 제발, 그만 '장수만세의 마약'을 팔 것이 아니라, 천하제일의 명약, 즉, '인간 70의 존엄사'를 처방해야 할 것이다.

나는 '하늘을 감동시키라'는 천벌을 받은 사람이다. '애지', 즉, '지혜사랑의 이름'으로 우리 한국인들이 해마다 노벨상 타고, 전 인류의 존경받는 국민이 될 때까지ㅡ. 공부하고 글을 쓰라는 하늘의 천벌을 받은 것이다.

백승자

개망초 탄원서

망초의 입장에서 보면 마땅히 개망초지

개복숭아 개살구……

본부인이라면 그리 부르고 싶은 첩 같은 신세

묵정밭이든 불모지든 억척에 뺏긴 땅이

삼천리 구석구석 닿지 않은 곳 없으니

굴러온 돌이 박힌 돌을 뽑아낸 꼴 아니겠나

더구나 왜(倭)에서 경술국치 해에 들어온 망국초고 보면

왜풀이라는 불청객 소리를 들어도

무릎 꿇어 읍소할 처지지만

천하가 굶주리는 보릿고개에는

나물이 되어 살을 주고

약이 되어 피를 주고

꽃이 되어 풍년을 주고

아궁이 다비까지 해 주는데

엄연히 국화꽃과에 이름까지 있는 족보를

풀인 듯 꽃인 듯

자기들 심사꼴리는 대로 이랬다저랬다 개취급이니

홍실망종화* 옆에서는 무참하게 뽑히는 잡초였다가

메마른 찻길 옆에서는 아쉬운 대로 꽃무리라네

한들한들 앙증맞은 국화들이 떼창을 부르며 흔들어주니

군악대 사열이라도 받는 듯한가

통 크게 자연사自然死를 허락하네

강산은 십 년이면 변하고

세상은 십 일이면 바뀌는데

이 땅에 뼈 묻은 지 백 년도 넘은 이름에

분명한 명패 하나 걸어주지 않는 야박함이라니

네 이웃을 사랑하라는

하나님 말씀 대로라면 만 번은 용서받고 사랑받았을 터

얄궂은 세월은 묻어버리고 화끈하게 화해**해 보자구요
우리

끝내는 한 땅에 묻히고 말 것인데

* 꽃말: 변치않는 사랑, 당신을 버리지 않겠어요.

** 개망초 꽃말.

『탈무드』에 의하면 대홍수 때, 노아가 모든 동물들의 짝을 맞춰 태웠으나 선만이 혼자서 찾아왔다고 한다. 노아가 선을 발견하고 이 배에는 짝이 없는 자는 태울 수가 없다고 돌려보내자 곧바로 선은 악을 자기 짝으로 데리고 와 그 배를 탈 수가 있었다고 한다. 이 일화는 선과 악은 한 얼굴의 양면이며, 그 모든 것은 상대적이라는 사실을 시사해 준다. 진리는 허위와 짝을 이루고, 음은 양과 짝을 이룬다. 암컷은 수컷과 짝을 이루고, 물은 불과 짝을 이룬다. 해는 달과 짝을 이루고, 동물은 식물과 짝을 이룬다.

맹자는 인간의 도덕적 실천을 강조하고 그 어질고 착한 사람들의 이상국가를 강조한 바가 있고, 장자는 '무위자연'을 강조하며 모든 사회적 제도를 부정한 바가 있다. 사회적 동물로서의 인간은 맹자의 말을 따르며 이상국가를 건설할 수도 있고, 다른 한편, 장자의 자연주의에 기초하여 모든 사회적 사회적 제도를 부정하며 자연 속의 삶을 강조할 수도 있다. 맹자와 장자의 말 중 누가 맞고 누가 틀리는가? 따지고 보면 맹자와 장자의 철학은 옳고 그름의 문제가 아니라, 이 세계를 어떻게 보고, 그 어떤 삶을 살아가느냐의 취향과 선택의 문제라고 할 수가 있다. 진리도 없고 허위도 없다. 선도 없고 악도 없다. 이 세상의 삶은 진리와 허위, 선과 악을 초월해 있으며, 우리는 그때 그때의 상황에 따라 어느 누구도 가지 않은 길, 즉, 자기 자신의 길을 걸어가지 않으면 안 된다.

망초는 쌍떡잎식물 초롱꽃목 국화과의 두해살이풀이며, 구한말에 들어온 외래종 귀화식물이라고 한다. 망초는 꽃모양의 생김새가 종모양을 하고 있고, 그 꽃의 크기가 개망초보다 작다고 한다. 망초는 원줄기 끝에서 가지가 많이 나와 원추형 꽃차례를 만들지만, 개망초는 꽃의 높이가 산방향의 꽃차례를 만든다. 망초는 개망초보다 키가 크고 그 생명력이 너무나도 엄청나게 강하지만, 개망초는 꽃의 모양이 계란모양을 하고 있어 '계란꽃'이라고 부르기도 한다. 망초는 을사보호조약이 맺어지던 해에 전국에 급속도로 퍼지면서 '망초', 또는 '망국초'라는 이름을 얻었다는 설도 있고, 망초가 밭에서 자라면 농사를 망친다고 하여 '망초'라는 이름을 얻었다는 설도 있다. 아무튼 망초와 개망초는 국화과의 두해살이풀이며, 대한제국의 멸망과 그 가슴 아픈 한이 맺혀 있는 식물이라고 할 수가 있다.

만일, 그렇다면 망초와 개망초의 차이는 무엇이고, 왜, 무엇 때문에 망초에서 한 단계 더 떨어진 개망초가 되었던 것일까? 엄연히 국화꽃과에 그 이름까지 있는 족보를 원상복귀시켜 주지는 못할망정, "경술국치 해에 들어온 망국초"라는 이름마저도 억울한데, 왜 그 보다 더 낮은 단계인 '망초의 첩 같은 개망초'라고 부르게 되었던 것일까? 접두사 '개'는 '개살구', '개두릅', '개당귀', '개복숭아' 등에서처럼 '질이 떨어지는' '가짜'라는 것을 뜻하고, 다른 한편 '개새끼', '개자식', '개망신' 등에서처럼 인간 망나니와 그 엉망진창인 사건과 현상들을 뜻하기도 한다.

따지고 보면 초롱꽃목 국화과의 두해살이풀을 '홍실망종화'처럼 관상용으로 사랑해주지는 못할망정, 우리 한국인들의 원한 맺힌 저주감정으로 그 이름을 붙이고, "천하가 굶주리는 보릿고개에는/ 나물이 되어 살을 주고/ 약이 되어 피를 주고/ 꽃이 되어 풍년을 주고/ 아궁이 다비까지 해"준 꽃을 왜, 개망초라고 이름을 붙여주었단 말인가? 백승자 시인의 「개망초 탄원서」는 개망초의 입장에서 '마녀사냥식의 누명'에 대한 하소연이자 그 본래의 이름을 되찾아 주자는 노래라고 할 수가 있다. 망초는 망국초이지만 개망초는 아니고, 개망초는 망국초이지만 망초의 첩 같은 신세에 지나지 않는다. 망국초 더하기 망초의 첩 같은 신세, 가짜 헛꽃의 노예의 노예와도 같은 신세, 하지만, 그러나 개망초는 식용과 약용으로 쓰이는 구황식물이며, 전국의 산과 들에서 한들한들 떼창을 부르는 국화꽃이라고 할 수가 있다.

개망초는 노예 중의 노예이며, 이민족의 식민지배를 받는 민족과도 같다. 일본인들이 동경대지진 때, 마치 우리 한국인(조선인)들이 대지진을 일으켰다는 듯이 매도를 하고 무차별적인 학살을 자행한 바가 있다. '나는 기분이 나쁘다'라고 생각하면서 그 모든 것을 남의 탓으로 돌리고 그 화풀이의 대상을 찾아 보복을 가한 것이다. 흉년이나 가뭄, 또는 전염병이나 재앙이 노예 중의 노예, 즉, 떠돌이-나그네와도 같은 개망초(조선인)에게 있다고 탓을 하고, 그 모든 죄악과 재앙의 혐의를 다 뒤집어 씌운 것이다.

망초 중의 가짜 망초, 노예 중의 노예인 노예, 모든 천재지변과 재앙의 진원지인 개망초, 개망초는 주홍글씨이고, 이 낙인이 찍히면 어느 누구도 벗어나지 못한다. 십년이면 강산이 변하고, 십일이면 이 세상이 바뀌어도 한 번 개망초라고 낙인이 찍히면 "이 땅에 뼈 묻은 지 백년"이 지나도 그 낙인의 굴레에서 벗어날 수가 없다. "네 이웃을 내몸처럼 사랑하라"는 말은 민족이나 국가, 또는 동년배 집단에서나 통하는 복음의 말씀이지, 사회적 출신성분이나 계급과 종교와 인종을 뛰어넘어 통용되는 복음의 말씀이 아니다.

"홍실망종화: 변치 않는 사랑, 당신을 버리지 않겠어요". "개망초: 얄궂은 세월은 묻어버리고 화끈하게 화해해 보자구요". 개자식, 개새끼, 개망초, 개지랄 하구 자빠졌네!!

모든 개망초들의 재산을 다 몰수하고 모든 개망초들에게 물고문과 전기고문을 가하라! 이유는 없다. 대일본 천황인 내가 기분 나쁘다.

모든 학문의 목표는 철학자, 즉, 전 인류의 스승을 배출해내는 것이다. 어려서부터 철학을 공부하고, 늙어서, 이 세상을 떠나갈 때까지도 철학을 공부하는 것이 가장 고귀하고 위대한 삶이라고 할 수가 있는 것이다. 철학자는 결코 우회하거나 좌절하지 않으며, 오직 자기 자신의 길을 걸어가며 자기 자신과 그 모든 사람들을 다 구원할 수가 있다.

철학자는 돈의 유혹에 넘어가지 않으며, 늘, 항상, 떳떳하고 당당하기 때문에 명예와 명성을 애써 추구하지도 않으며, 그 어떤 권력의 유혹으로부터도 자유롭다.

철학자는 늘 공부하고 자기 자신의 삶을 살며, 만인들을 구원하기 때문에 이 세상에서 가장 고귀하고 행복한 사람이라고 할 수가 있다.

고전주의 왕국, 낭만주의의 왕국, 현실주의의 왕국, 초현실주의의 왕국, 이상주의의 왕국 등—. 모든 선악과 인종과 종교와 계급을 뛰어넘는 영원한 이상국가는 우리 철학자들의 앎의 극치라고 할 수가 있다.

김명이

흰 달빛 조각하는 변두리의 저녁

책 낱장은 비현실이고 지난날 학문으로 지금 요긴한 밥
구실을 할까 싶었다 과년한 딸은 불리한 면접을 뚫고 취직
해 서울 변두리 방 한 칸 세 들었다

출근길 얼어있는 계단에 미끄러져 발을 다쳤다는 울먹
임, 병가 내며 아프단 말보다 밥줄 끊기고 적금 못 부을까
봐 죄처럼 미안하다고만 했다

말렸지만 끌고 간 책상이 반의반 차지하고 구석에 밀어
붙인 중고 전자피아노, 시린 등뼈 녹인 것인지 세상 물정
알라고 밀어낸 말들에 크레셴도 두들기다 멈춘 것인지

"왜 못 버려?" 유아 때 몰래 치운 낡은 핑크이불 기억을
되돌린다
　아이에게도 허공에 걸린 눈빛이 있었다

딴엔 요령껏 세간이며 옷가지 배치하고 피하여 제 몸 눕고 세웠을 것, 입구부터 달라붙은 신발 냄새 세탁기만 빠져나온 셔츠 냄새 쪼개서 두 끼 때웠다는 배달음식 냄새들

짜고 단단한 슬픔은 방 한 칸 키워줄 능력 없는 어미 보란 듯 오후 내내 닦고 치우고 정리의 기술 확인한 후 앉을 자리를 내주었다

보일러 기능 온돌로 잡아 돌리고 밥 한술 후루룩 뜨는 동안 찜질방처럼 뜨끈해지는 바닥, 한 팔 뻗으니 너의 볼 만질 수 있는 거리다

단칸방에서 구물구물 먹구름 한 장 덮던 날, 굼벵이처럼 말아 잠든 옛날도 다녀간다 이 정도에 질식하지 않을 거다 달빛 줍는 방 몇이나 되겠냐고 가만히 손을 쥐었다

책 하나만 믿게 한 나의 지옥, 서서히 빠져나가고 있다

김명이 시인의 「흰 달빛 조각하는 변두리의 저녁」을 읽을 때마다 "짜고 단단한 슬픔은 방 한 칸 키워줄 능력 없는 어미"라는 시구에서처럼, 이 세상의 삶의 의지가 꺾이고, 온몸의 맥이 풀린다. 숨어도 숨어도 가난의 옷자락이 보이고, 제아무리 열심히 일을 하고 절약을 해도 가난의 함정은 쉽게 벗어날 수가 없다. 소수의 부자들이 모든 부를 다 독점하고, 빈곤을 구조적으로 재생산해낸다. 소위 흙수저는 금수저를 함부로 넘보지 말아야 하는데, 왜냐하면 상류사회로 가는 길은 진입금지의 장벽이 처져 있기 때문이다.

시가 밥이 될 수 있을까? 밥이 될 수 없는 시가 우리 인간들을 구원해줄 수가 있을까? 서울 변두리 월세방에 둥지를 튼 과년한 딸을 바라보는 엄마의 마음은 그 얼마나 아프고 쓰라렸을까? 그토록 어렵고 힘든 취업의 관문을 통과한 것도 기적이지만, 그러나 그 쥐꼬리만한 봉급으로 어떻게 생활비를 아껴쓰고 '내집 마련'을 할 수가 있단 말인가?

엄마의 시쓰기는 딸아이의 지옥이 되고, 그 자책감과 안타까운 마음에 "달빛 줍는 방이 몇이나 되겠냐고" 딸아이의 손을 잡아준다.

*

삶이란 전투이고, 가난이란 총과 칼도 없이 맨몸으로 싸우는 것과도 같다. 가난한 자가 가난을 극복하고, 그 가난 속에서 최종적인 승자가 되는 것은 천만 분의 일의 가능성도 없다.

나를 버리고 끊임없이 '사랑의 실천'으로 그가 가진 열정과 경제적 능력을 모조리 다 자기 자신의 이웃들에게 바치는 것이다.

자이나교의 알몸의 승려들처럼, 아니, 기부천사—삭월세방의 김밥집 할머니처럼—!

아니, 보들레르처럼, 랭보처럼—!

아니, 천상병처럼, 소월처럼—!

*

이 세상에서 가장 중요한 것은 건강한 신체와 마음의 평화라고 할 수가 있다. 건강한 신체에 건강한 정신이 깃들면 마음의 평화가 이루어지는 것이고, 마음의 평화가 이루어지면 그 어떤 고통과 슬픔도 다 없어진다.

하지만, 그러나 이 세상의 삶은 짧은 한 순간처럼 보일지라도 건강한 신체와 마음의 평화는 좀처럼 이루어지지 않는다. 아주 짧은 생, 5여 년 동안 수천 마리와 시도 때도 없이 교미를 하고, 날이면 날마다 일벌을 낳으며, 그 너덜너덜한 자궁으로 죽어가야 하는 여왕벌처럼—.

여왕벌은 하루에 1,500마리의 일벌을 낳고, 수펄(수벌) 이외에도 한평생 동안 수백만 마리의 일벌들을 낳는다고 한다.

*

대한민국은 진짜 추한국민의 추한 도덕성으로 구성되어 있다. 대통령은 뇌가 없는 사대주의자이고, 모든 관리는 근친상간으로 허약해져 있다. 상벌제도는 모든 악당들이 다 장악해 있고, 국가의 부는 부정부패에 기초해 있다. 국가의 안전은 저출산—고령화에 기초해 있고, 과거의 역사는 노예민족의 역사로 점철되어 있다. 공평과 법은 사면복권으로 얼룩져 있고, 평화는 초전박살의 남북분단에 기초해 있다. 교육제도는 독서와 무관한 일제식 암기 위에 기초해 있고, 사색당쟁의 이전투구는 애국심에 기초해 있다.
부정부패 세계 제1위, 표절문학상(표절학술상) 수상 세계
제1위! 이것이 대한민국의 고귀함과 위대함의 진면목인
것이다.

　숨어도 숨어도 노예민족의 더럽고 추한 옷자락이 보인
다.

김재언

꽃의 속도

얼음장 갈피 따라
꽃술은 차례로 디더갈 것이다

아껴둔 말을 쏟아내듯
주춤거리는 곁가지도
빛에 물들 것이다

에두르다 햇빛 기우는 쪽
이슬 흔들리는 표정으로
나비를 기다릴 것이다
어둠이 열릴 때까지

꽃자루에 매달린 벌레도 앉히고
숨결 바라보며
첫사랑은 향기로 닿을 것이다

열지 않으면 꽃이 아니라고
길 멀어도 물어물어
그리움 한잎한잎 디뎌갈 것이다

달빛 깊은 속내 읽어낼 때까지
꽃은 서두르지 않을 것이다

　출산의 기쁨은 고통에 기초해 있듯이, 얼음은 모든 종의 건강의 토대라고 할 수가 있다. 얼음은 다만 차가운 얼음이고 반생명적인 얼음인 것 같지만, 그러나 이 얼음 속에서도 모든 생명체는 그 존재의 꿈을 꾸고 있는 것이다. 아주 두꺼운 얼음, 조금 두꺼운 얼음, 조금 얇은 얼음, 아주 얇은 얼음처럼 얼음에도 그 갈피가 있고, 그 갈피에 따라 "꽃술은 차례로" 그 단계를 밟아 나간다. 꽃술이란 암술과 수술로 이루어진 모든 생명체의 생식기관이며, 이 생식기관을 통해서 종의 번영과 행복이 약속된다. 꽃이 그처럼 아름답고 화려한 것은 존재의 결정체이자 지상 최대의 창조행위이기 때문이다.

　아주 두꺼운 얼음, 조금 두꺼운 얼음, 조금 얇은 얼음, 아주 얇은 얼음을 뚫고 존재의 싹을 밀어올리면, "아껴둔 말을 쏟아내듯/ 주춤거리는 곁가지도/ 빛에 물들"게 될 것이다. "에두르다 햇빛 기우는 쪽"으로, "이슬 흔들리는 표정으로", "어둠이 열릴 때까지" "나비를 기다릴 것"이다.

꽃과 나비의 만남은 암술과 수술의 만남이며, 이 자연의 성교에 의하여 모든 성자와 성처녀들이 탄생하게 된다. "꽃자루에 매달린 벌레도 앉히고/ 숨결 바라보며/ 첫사랑은 향기로" 천리, 만리 퍼져나갈 것이다. 너도 꽃이고, 나도 꽃이다. 벌도 꽃이고, 나비도 꽃이다. 호랑이도 꽃이고, 사슴도 꽃이다. "열지 않으면 꽃이 아니라고/ 길 멀어도 물어물어/ 그리움 한 잎 한 잎 디뎌" 나갈 것이다.

모든 축제는 남과 녀, 즉, 꽃의 축제이며, 이 꽃의 축제는 바슐라르의 말대로 세계의 열림이며, 세계로의 초대이다. 이 꽃의 축제 앞에서는 이념과 종교도 아무런 쓸모가 없고, 계층과 계급은 물론, 인종과 문화의 차이도 존재하지 않는다. 꽃의 축제는 만물이 하나가 되고, 이 만물일여萬物一如의 조화 앞에서 세계의 평화는 영원히 계속된다.

꽃과 꽃의 만남은 천지창조의 첫날과도 같으며, 이 고귀하고 거룩한 만남을 위해 꽃은 그 차가운 얼음장 밑에서도 그 꿈과 희망을 잃지 않고 견뎌왔던 것이다. 사랑은 그리움이고 그리움은 자기 짝을 찾아 헤매는 열정이다. 하지만, 그러나 이 자기 짝을 찾아 헤매는 열정에도 순서가 있고, 따라서 꽃은 "달빛 깊은 속내 읽어낼 때까지" "서두르지 않을 것이다."

인내의 꽃, 고통의 꽃, 열정의 꽃, 꿈과 희망의 꽃—. 아름다움은 꽃의 가장 이상적인 형태이며, 그 넉넉한 품과 향기로 모든 벌과 나비들을 다 불러 들인다.

김재언 시인의 「꽃의 속도」는 꽃이 피는 속도이며, 모든 존재의 결정체인 꽃에 대한 찬가라고 할 수가 있다.

얼음은 고통이고, 예방백신의 채찍이며, 그 얼음의 마음이 풀리면 따뜻한 봄볕 속에서 모든 생명체들이 꽃을 피우게 된다.

엄재국

꽃밥

꽃을 피워 밥을 합니다

아궁이에 불 지피는 할머니

마른 나무에 목단, 작약이 핍니다

부지깽이에 할머니 눈 속에 홍매화 복사꽃 피었다 집니다.

어느 마른 몸들이 밀어내는 힘이 저리도 뜨거울까요

만개한 꽃잎에 밥이 끓습니다

밥물이 넘쳐 또 이팝꽃 핍니다

안개꽃 자욱한 세상, 밥이 꽃을 피웁니다

이 세상에서 가장 아름다운 것은 꽃이고, 이 꽃보다 더 고귀하고 소중한 것은 없다. 모든 생명체의 근본 목표는 꽃을 피우는 것이고, 따라서 모든 생명체는 이 꽃을 피우기 위해 그토록 사납고 처절한 생존투쟁을 버리고 있는 것이다. 사람꽃, 사슴꽃, 풀꽃, 벚꽃, 서리꽃, 눈꽃, 아기꽃, 소년꽃, 청년꽃, 어른꽃, 노인꽃, 엄마꽃, 아빠꽃 등, 모든 생명체는 꽃이며, 이 꽃의 일생을 살다가 가는 것이다. 돈을 버는 것도 꽃을 피우는 것이고, 돈을 쓰는 것도 꽃을 피우는 것이다. 어느 누구와 싸우고 우는 것도 꽃을 피우는 것이고, 수많은 사람들과 함께 노래를 부르고 춤을 추는 것도 꽃을 피우는 것이다.

선도 없고 악도 없다. 도덕도 없고 부도덕도 없다. 산다는 것은 꽃을 피우는 것이고, 이 종족의 명령보다 더 우선하는 것은 없다. 사실, 따지고 보면 개인은 없고 종만이 있는 것이다. 대추나무와 감나무가 사지가 찢어지도록 열매를 맺는 것도 종족의 명령이고, 사과나무와 배나무가 사지가 찢어지도록 열매를 맺는 것도 종족의 명령이다. 매미와 개구리가 온 산천이 떠나가도록 자기 짝을 찾는 것도 종족의 명령이고, 오징어와 연어가 그토록 수많은 알들을 산란하고 죽어가는 것도 종족의 명령이다. 꽃을 피우고 열매를 맺는다는 것은 종족의 명령이고, 이 종족의 명령은 종의 번영과 발전을 위해 더욱더 아름답고 화려하게 꽃을 피우는 것이다. 거짓말을 하는 것, 사기를 치는 것, 살인을 하고 방화를 하는 것, 술을 마시고 싸우는 것도 다 허용되는 것이고, 잠자리와 나비들이 혼인비행을 하고, 소나무의 정액(송화가루)이 온산천을 뒤덮거나 발정난 암소들이 그토록 사납고 시끄럽게 울어대는 것도 다 허용되는 것이다. 트리스탄과 이졸데의 불륜도, 돈주앙과 카사노바의 엽색행각도, 심지어는 제우스의 변태성욕과 아프로디테의 연애사건도 다 허용되는 것이다. 선과 악을 따지고 도덕과 부도덕을 따지며 타인들을 비난하거나 찬양하는 것도 궁극적으로는 자기 자신이 더욱더 좋은 자리와 그 위치에서 꽃을 피우기 한 생존투쟁일 뿐인 것이다. 이 세상의 삶은 온힘을 다해 자기 자신의 목숨을 걸고 꽃을 피우는 것이다. 성적 욕망은 개인의 욕망의 탈을 쓰고 나타났을 뿐, 사실 따지고 보면 우리 인간들의 이기주의와 개인주의마저도 더욱더 아름답고 화려한 꽃을 피우라는 종족의 명령일 뿐이었던 것이다.

할머니의 얼굴도 꽃이고, 아궁이의 마른나무도 꽃이다. 부지깽이가 벌겋게 타는 것도 꽃이고, 밥물이 넘치는 것도 꽃이다. 작약, 홍매화, 복사꽃, 이팝꽃, 안개꽃―. 이 모든 꽃들은 엄재국 시인의 표현대로「꽃밥」인 것이다.

엄재국 시인의 얼굴도 꽃이고, 그의 시도「꽃밥」이다.

「꽃밥」,「꽃밥」,「꽃밥」―. 이「꽃밥」은 한국현대시의 경사이며, 엄재국 시인은 이「꽃밥」으로 영원불멸의 월계관을 쓰게 된 것이다.

모든 꽃들은 종족의 꽃이지, 사적인 개인의 꽃이 아니다. 애인으로부터 버림을 받았거나 자기 짝을 잃어버린 사람들이 그토록 서럽게 울고 목숨까지 버리는 것도 종족의 명령에 따른 것이지, 개인의 이익을 위한 것이 아니다.

모든 생명체는 그의 영혼과 육체는 물론, 그의 이성과 양심까지도 종의 부림을 받는다.

개인은 없고 종만이 있다. 이것이 자연의 법칙이자 종족의 명령인 것이다.

꽃을 피워서 밥을 짓다니 마법처럼 보입니다. 할머니의 부지깽이가 아궁이 드나들 때마다 마른 가지들이 꽃을 활활 피워내는 모습이 눈에 선합니다. 나무들의 마지막 꽃이 불꽃인 줄도 새삼 알겠습니다. 오월의 이팝나무 꽃이 밥물이 넘쳐서 피운 걸 알겠습니다. 세상에 안개가 자욱한 것은 돋보이게 할 어떤 꽃을 준비한 까닭일까요. (시인 반칠환)

정영선

지는 꽃

어스름 녘
여섯 시를 대기하는 북 앞에서
그는 정적을 모으고 있다
계단 걸음마다에 고인 장엄
비가 내릴 듯
숲을 압도하는 고요

텅.
북소리는 몸을 관통하고
너머로 갈 때
인간의 북소리가 천지를 아프게 때린다
비가 거세어진다
북소리
빗소리
우리는 비에 젖고 북소리에 젖는다

마지막 북채가 둥글게 활을 그리느라 공중에 머문
여음은 점점 소리의 꼬리, 꼬리로 가늘어지다
사라진다

천천히 돌아서는 검정 고무신
속세를 막 건넌 젊은 스님 뒷모습이
지는 꽃처럼 슬프다

몇 년 전 뉴욕에 살던 친구는 오랜 암투병 끝에 '이번 고비는 못 넘기겠다'는 말을 남긴 지 일주일만에 세상을 떠났고, 삼십 년 지기인 부산의 한 시인은 '애지초대석'의 특집호를 끝내자마자 이 세상을 떠나갔다. 어떤 후배는 잡지 편집을 하다가 얼마전 심정지로 즉사를 했고, 어느 선배 시인은 느닷없이 유고시집을 투고하고 이 세상을 떠나갔다.

서산의 붉디 붉은 노을처럼 한 사람의 생애가 예측 가능하고 장엄하다면 얼마나 즐겁고 기쁘겠는가! 살아 있어도 산 것이 아니고, 느닷없이 뒷통수를 치며 이 세상을 떠나가는 사람들을 보며 참으로 인생이 허무하고 부질없다는 생각을 해본다.

"어스름 녘/ 여섯 시를 대기하는 북 앞에서" "비가 내릴 듯/ 숲을 압도하는 고요", "텅./ 북소리는 몸을 관통하고" "인간의 북소리가 천지를 아프게 때린다."

"북소리/ 빗소리/ 우리는 비에 젖고 북소리에 젖는다."

삶이란 느닷없고 예측 불가능한 것이고, 모든 생명체는 먼지와 때에 불과한 것이다. "천천히 돌아서는 검정 고무신", "속세를 막 건넌 젊은 스님의 뒷모습이/ 지는 꽃처럼 슬프다."

정영선 시인의 「지는 꽃」이 슬픈 것은 한 인간의 마지막 모습이고, 그 모든 인연이 다 끝났기 때문이다. 그의 잘못과 허물마저도 다 용서해주고 그가 살다간 고귀하고 거룩한 삶을 기념하는 것은 우리들의 책임과 의무이겠지만, 이 '지는 꽃'을 아름답게 하기 위해서는 하루바삐 '인간 수명제'를 실시하지 않으면 안 된다. 떠날 때를 알고 제때에 죽는 죽음, 만인들의 찬사와 축하 속에 진짜 이별이 가능한 죽음, 이 세상의 삶이 아름답고 행복했다고 너무나도 자랑스럽고 떳떳한 죽음을 죽을 수가 있다면 모든 자식들을 다 효자로 만들고, 오늘날의 지구촌의 위기도 해소될 수가 있을 것이다.

'인간 70 수명제'는 지상 최대의 과제이며, 인류의 역사상 가장 아름답고 장엄한 인간 승리의 길이 될 것이다.

자본주의는 인류의 역사상 가장 사악하고 치욕적인 제

도라고 할 수가 있다. 인간의 모든 가치를 돈에 두고 전통과 역사는 물론, 고향과 모든 가문과 혈통을 다 파괴시켰다. 돈과 직업을 쫓아 대도시로의 급격한 인구 이동은 전원도시와 농촌공동체를 붕시켰고, 대규모적인 주택단지와 아파트에 의한 주거 공간은 인간과 인간을 상호 적대시 하고, '우리'라는 국민의식과 공동체 의식을 다 붕괴시켰다. '저출산—고령화 현상'은 자본주의 사회의 독버섯과도 같고, 이 사회적 독버섯은 충효사상은 물론, 가장 근본적인 종족에의 의지를 부정하는 '나홀로 족', 즉, 독신남성과 독신여성을 가중시키게 되었다. 일자리 부족과 주거불안, 그리고 공동체 의식은커녕 상호 적대적인 감정은 결혼과 출산을 거부하고 무차별적인 고소와 고발전을 가중시켜 왔던 것이다. 유치원과 초, 중고등학교의 학생 수 부족과 교사 인력 감소, 전국의 대학교의 학생 수 감소와 교수 요원의 부족, 장난감 시장과 의류시장의 축소와 동화책을 비롯한 출판시장의 붕괴 등은 대한민국이 침몰 직전의 세월호이자 이 지구촌의 빙산의 운명과도 같다고 하지 않을 수가 없다.

오늘날의 지구촌의 위기는 인구의 과잉과 생태환경의 문제이지만, 그러나 우리 대한민국의 가장 중요하고 시급

한 문제는 '저출산-고령화의 문제'라고 할 수가 있다. '저출산-고령화의 문제'의 첫 번째 해결책은 '인간 70 수명제'를 세계 최초로 실시하여 제때에 죽는 죽음, 자기 스스로 너무나도 당당하고 떳떳하게 죽는 죽음, 삶의 공포와 죽음의 공포를 극복하고 만인들의 존경과 찬양을 받는 '인간 존엄사 제도'를 하루바삐 실시하는 것이라고 할 수가 있다. 요컨대 그 옛날에도 왕(아버지)이 늙거나 병들어도 죽지 않으면 그것을 해결하는 방법으로는 '고려장 제도'와 '제의적 왕살해 제도'가 있었던 것이다. '저출산-고령화 문제'의 두 번째 해결책은 '홍익인간촌'을 만들고 결혼과는 상관없이 젊은 남녀들이 아이를 낳게 하고 그 지방자치단체가 그 모든 일들을 책임지는 것이라고 할 수가 있다. 젊은 남녀들이 국가와 민족을 위하여 아이를 낳고 떠나가 주면 지방자치 단체가 아이들의 양육과 교육과 결혼까지 책임을 지고 미래의 일꾼으로 양성해내면 되는 것이다. 가문과 출신 성분과 학력 등은 따질 필요도 없고, 오직 대한민국을 구원할 미래의 인재양성에 그 목표를 두고 모든 시민들이 참여하지 않으면 안 된다. '저출산-고령화 문제'의 세 번째 해결책은 '일부일처제도'를 유지하되 '일부다처제'와 '일처다부제'까지도 허용하고, 모든 독신남성과 독신여성들을 대대적으로 소탕해버리는 것이다. 모든 국가공무원과 대기업의 지원자들에게는 반드시 혼인계획서를 제출하고 그것을 실천하게 하지 않으면 안 되고, 어린 아이들의 양육과 교육에 혼신의 힘을 다 쏟아붓게 하지 않으면 안 된다. 그리고 마지막으로 '저출산-고령화 문제'의 네 번째 해결책은 한국의 모든 대기업들이 오직 구국의 일념으로 스스로, 자발적으로 그 본사를 지방으로 이전하는 것이다. 에스케이는 부산, 수원은 삼성, 울산은 현대, 마산은 효성, 대전은 한화, 청주는 엘지, 광주는 금호 등의 세계 최고의 명품 도시로 만들고 건설하는 데 그 모든 힘을 다 기울이지 않으면 안 된다. 하루바삐 일제식 암기교육을 폐지하고 독서중심의 글쓰기 교육을 통하여 무인도에서도, 제주도에서도 해마다 노벨상을 탈 수 있게 해야 하고, 대한민국 전체를 지구촌의 이상국가로 만들지 않으면 안 된다.

국가가 있어야 국민도 있고, 국민이 있어야 세계적인 기업도 있는 것이다. 대한민국을 삼성, 현대, 엘지, 에스케이, 한화, 롯데, 효성 등의 몇몇 가문의 왕국으로 만들지 말고, 그 족벌주의를 뿌리뽑고 전 국민의 지상낙원으로 만들지 않으면 안 된다.

'저출산-고령화'는 대한민국의 암초이고, 이 암초를 제거하지 않으면 대한민국의 미래는 없게 되는 것이다.

애국심, 즉, 나라사랑은 고귀하고 위대한 영웅을 만들고, 이 고귀하고 위대한 영웅은 단군조선을 건국하고 이 세계에서 가장 고귀하고 훌륭한 홍익인간들을 창출해내게 될 것이다.

4부

홍정미 황순각 이 경 김용칠 장옥관

배옥주 임은경 이승애 김영석 이종분

황상순 이순화 현상연 안정옥 권선옥

강수정 한성환

홍정미

가방 속 보르헤스

내 가방 속에는
보르헤스의 미로로 가득하다

둥글둥글 낯선 미로, 우물우물 복잡한 미로
흥미로운 소문에 갇혀버린 미로
시간의 무한한 갈라짐으로 속수무책인 미로

앞뒤가 맞지 않는 초고가
뒤죽박죽 엉켜 있는
가방 속,

보로헤스의 미로는 백 년 내내 어둡고
익숙하지 않은 문장처럼
고요하다

미로란 무엇인가? 미로란 복잡한 길이고, 어디가 입구이고 출구인지 알 수 없는 길이며, 모두가 그 미로에서 길을 잃고 그 미로 속에서 빠져나오지 못한다. 만일, 그렇다면 미로란 어디에 있으며, 우리는 현재 그 미로 속에서 어떻게 살고 있단 말인가? 미로란 도처에 있으며, 우리는 모두가 다같이 진리라는 미로, 허위라는 미로, 공산주의라는 미로, 자본주의라는 미로, 천사라는 미로, 악마라는 미로, 선과 악이라는 미로, 정답과 오답이라는 미로에 빠져서 어쩌지 못한다.

가령, 예컨대 공산주의라는 진리는 어떤 사람에게는 진리가 되고 신앙이 되겠지만, 그러나 만인 평등과 부의 공정한 분배는 이 세상에 존재하지 않는 허위라고 할 수가 있는 것이다. 또한, 자본주의라는 진리 역시도 어떤 사람에게는 진리가 되고 신앙이 되겠지만, 그러나 '자본'이 '최대 다수의 최대 행복'을 가져다가 주는 만병통치약은 될 수가 없었던 것이다. 진리는 믿음을 강요하고, 믿음은 광기를 강요한다. 일찍이 도덕국가, 즉, 교회가 패권을 장악했던 시대와 스탈린과 나치 치하의 시대처럼 인간이 타락하고 전 인류를 억압했던 시대는 없었다. 진리는 존재하지 않으면서도 존재하고, 진리는 존재하면서도 존재하지 않는다. 선과 악도 마찬가지이고, 공산주의와 자본주의도 마찬가지이다. 인생이란 '미로찾기'이며, 미로 속에서 헤매다가 끝끝내 그 미로 속에서 이 세상의 삶을 마감하게 된다.

홍정미 시인의 「가방 속 보르헤스」는 '존재론적 미학'에 기초를 두고 있으며, 그것은 "내 가방 속에는/ 보르헤스의 미로로 가득하다// 둥글둥글 낯선 미로, 우물우물 복잡한 미로/ 흥미로운 소문에 갇혀버린 미로/ 시간의 무한한 갈라짐으로 속수무책인 미로"에서처럼 그 정점을 찍고 있다고 할 수가 있다. 프란츠 카프카의 미로, 파블로 피카소의 미로, 보들레르의 미로, 니체의 미로, 미셸 푸코의 미로, 그리고 궁극적으로는 홍정미 시인의 미로에서처럼 이 세상의 삶은 '미로찾기'에 지나지 않는데, 왜냐하면 우리 인간들의 존재의 근거가 '무'이기 때문이다. '어디에서 왔는지', '어디로 가고 있는지' 알 수가 없기 때문이며, 따라서 '무'는 알 수 없음이며, 진리와 허위가 구분되지 않는 '미로'라고 할 수가 있다. 그렇다. 둥글둥글 낯선 미로도 있고, 우물우물 복잡한 미로도 있다. 흥미로운 소문에 갇혀버린 미로도 있고, "시간의 무한한 갈라짐으로 속수무책인 미로"도 있다. 출구도 없고, 입구도 없고, "앞뒤가 맞지 않는 초고가/ 뒤죽박죽 엉켜 있는/ 가방 속"의 미로만이 있는 것이다. "보르헤스의 미로는 백년 내내 어둡고/ 익숙하지 않은 문장처럼/ 고요하다"라는 시구는 우리 인간들은 미로 속의 존재이며, 미로 속에서 그 인생을 마감해야 하는 존재에 지나지 않는다는 것을 말해준다.

모두가 다같이 자유와 평화를 누리며 행복하게 살 수 있는 사회란 그 어디에 있단 말인가? 우리 인간들을 이 인생이란 미로 속에서 해방시키고 자유롭고 행복한 삶, 즉, 예측 가능한 삶을 살게 해줄 수 있는 제우스와 시바는 그 어디에 있단 말인가? 진리는 허위가 되고, 허위는 진리가 된다. 성자도 없고, 악마도 없다. 영원한 친구도 없고, 영원한 적도 없다. 미로는 무이고, 무는 진리이고, 진리는 환영이고 거짓이다.

운명에의 사랑은 미로찾기이다. 슬픔도 붉디 붉은 피가 되고, 절망도 붉디 붉은 피가 된다. 보르헤스는 수많은 책들을 읽고 붉디 붉은 피로 글을 썼지만, 그러나 그는 그 '미로찾기'의 무지개만을 보여주었다고 할 수가 있다.

존재하면서도 존재하지 않는 무지개, 입구이자 출구인 무지개, 희망이자 절망처럼 떠오르는 무지개, 너무나도 아름답고 멋진 무지개―.

시는 무지개이고, 미로찾기의 최종적인 목적지라고 할 수가 있다.

홍정미 시인의 「가방 속 보르헤스」도 무지개이고, 그 짧고 간결한 시구 속에다가 수천 년의 역사와 그 사유를 새겨 넣는다.

황순각
바코드의 비밀

우리 몸 어딘가에는 바코드 하나씩 숨어있지

표면은 흑과 백이 무심히 교차하는 듯하나
속살에는 원색 판타지가 부글거리고 있어
매일 다른 색으로 갈아입는 꿈을 꾸면서

바코드가 입체적으로 소리를 얻으면 피아노가 등장하는데
얼마나 싱싱한 음악이 숨죽이며 값나가는 출정을
흥정하는지 몰라

흰색에는 평화를 장전해놓고
검정에는 적의를 비축해 놓았다지

가끔
손과 발에 힘이 들어 간 바코드가 빛을 두르며 일어서거나

혹은 춤추듯 뒤로 돌 때 뿜어져 내리는 멜로디 분수는

역광 속 무지개 표정을 아이스크림 기다리는 아가 손등
이나
고단한 사람들 누추하고 구겨진 어깨에 선뜻 걸어 놓고
간다는데

그런 날은
무지갯빛 파도가 철썩거려 기분 좋은 공명이 우려내는
화음이
신호등처럼 깜박이며
수많은 횡단보도를 건너는 우리와 우리 사이에 물결치다

너와 나 중간 어디쯤
오묘한 바코드 별자리 하나 만들어 놓는대

바코드란 문자와 숫자를 흑백의 줄무늬로 표시한 기호
이며, 자본주의 사회의 대표적인 상징이라고 할 수가 있다.
바코드는 각종의 정보를 담고 있으며, 광학적으로 판독되
어 컴퓨터 화면에 나타난다. 모든 상품들의 포장이나 꼬리
표 등에 표시되고, 온갖 도서와 신분증 등에도 사용된다.

　　인간과 인간의 만남도 정보장치로 처리되며, "우리 몸
어딘가에는 바코드 하나씩 숨어있게" 된다. "표면은 흑과
백이 무심히 교차하는 듯하나/ 속살에는 원색판타지가 부
글거리고 있어/ 매일 다른 색으로 갈아입는 꿈을 꾸"게 된
다. 우리 인간들의 몸속의 바코드는 그러나 단순한 문자나
숫자가 아닌데, 왜냐하면 아주 역동적으로 살아 움직이고
있기 때문이다. 바코드는 욕망이고 원색판타지이며, 시시
때때로 천의 얼굴을 가진 배우처럼 다른 표정과 다른 색의
옷을 갈아 입는다.

　　바코드가 입체적으로 소리를 얻으면 피아노가 등장하

고, 그 싱싱한 음악이 숨 죽이며 값나가는 출정을 흥정하게 된다. 흰색에는 평화를 장전해 놓고, 검정에는 적의를 비축해 놓는다. 흰색과 검정이 각을 세우고, 평화와 적의가 각을 세운다. 하지만, 그러나 황순각 시인의 「바코드의 비밀」은 바코드의 역기능이 아닌 순기능에 초점을 맞춘 시이며, 우리 인간들의 존재론적 비밀을 노래한 시라고 할수가 있다. "너와 나 중간 어디쯤/ 오묘한 바코드 별자리하나 만들어 놓는대"라는 시구가 그것이고, 따라서 우리는 바코드로 만나고, 이 바코드 속에서 '사랑의 노래'를 부르며 살아가게 된다.

바코드는 원색판타지이고 피아노이고, 바코드는 싱싱한 음악이고 무지개빛 분수이다. "가끔/ 손과 발에 힘이 들어 간 바코드가 빛을 두르며 일어서거나/ 혹은 춤추듯 뒤로 돌 때 뿜어져 내리는 멜로디 분수는" "아이스크림 기다리는 아가 손등이나/ 고단한 사람들의 누추하고 구겨진 어깨에" "역광 속 무지개 표정을" 선뜻 걸어 놓고 가고, "그런날"이면 "무지갯빛 파도가 철썩거려 기분 좋은 공명"의 "화음"이 울려 퍼지게 된다.

인생은 짧고 사랑할 시간도 많지 않다. 바코드의 무대는 사랑의 무대이고, 축제의 무대이다. 너와 나는 원수가 아넌 '우리'이며, 이 바코드의 무대에서 즐겁고 기쁘게 노래를 부르고 춤을 추면서 살아가면 된다.

모든 것이 가능한 바코드의 세계가 최선의 세계이다. 황순각 시인은 영원한 낙천주의자이며, 너와 나 사이에 "오묘한 바코드 별자리"를 만들어 놓고 있는 것이다.

이경
여름이 먼저

가야지
꽃피기 전에 가야지
마음먹다가
꽃
다
피네

오려나
혹시
그대가 오려나
기다리다가
여름이 먼저
오네

이 세상에서 가장 총명한 사람은 자기를 아는 사람이고, 이 세상에서 가장 훌륭한 사람은 자기 자신을 다스릴 수 있는 사람이다. 자기를 아는 사람은 백전백승의 전략과 전술을 구사하며 만인들을 지배할 수가 있고, 자기 자신을 다스릴 수 있는 사람은 타인의 말과 유혹에 빠지지 않고 진정한 사상가의 길을 간다.

인간 중의 인간은 사상가이며, 그는 인류의 역사상 가장 고귀하고 위대한 인간들과 싸우며, 그 어떠한 경제적 궁핍과 역경도 다 물리쳤다고 할 수가 있다. "가야지/ 꽃피기 전에 가야지/ 마음먹다가/ 꽃/ 다/ 피네"라는 우유부단함도 없고, "오려나/ 혹시/ 그대가 오려나/ 기다리다가/ 여름이 먼저/ 오네"라고 허송세월을 보낼 리도 없다.

하지만, 그러나 대부분의 인간은 이경 시인의 「여름이 먼저」에서처럼 우유부단하고, 하염없이 기다리다가 지쳐서 허송세월만을 보낸다.

인간의 행복의 척도는 '자유인'인가 아닌가에 달려 있고, 그 다음의 두 번째 척도는 자기 자신의 일에 목숨을 걸었는가, 아닌가에 달려 있다고 할 수가 있다. 자유인은 자기 자신의 삶의 목표와 그 일에 따라서 살아가지만, 타인의 말과 명령에 복종하는 인간은 그럴 수가 없기 때문이다.

한 나라를 건설하고 지상낙원을 창출한다는 것, 수많은 민중이나 백성들을 발견하고 그들을 구원한다는 것, 계몽주의이든, 민주주의이든, 공산주의이든지 간에 사상과 이론을 창출해내고 최고급의 천재들을 양성해낸다는 것은 그 어떠한 부당한 압력과 박해들을 다 극복해낸 자유인이 아니면 도저히 가능하지 않을 과업이라고 할 수가 있다.

사상가는 인간 중의 인간이며, 그 모든 앎과 가치공식들을 그의 이름으로 명명했던 자유인이라고 할 수가 있다.

"세계는 나의 범죄의 표상이다, 고로 행복하다."
"시는 사상의 꽃이고, 사상의 시의 열매이다."(반경환)

자유의 토대는 힘이고, 힘의 토대는 지식이다. 지식은 총과 칼과 원자폭탄이고, 이 지식을 가진 자가 천하를 지배한다.

공자, 맹자, 소크라테스, 플라톤, 데카르트, 칸트, 마르크
스처럼, 또는 진시황제, 징키스칸, 알렉산더 대왕, 나폴레
옹 황제처럼—.

김용칠

여우전설

어린아이 솜털 머금은 여리고 순한 양은
큐피드화살 콩깍지 단단히 씌어
방탄복 나일론 같이 모질고 기센 여우가 이상형이었어요

새침데기 여우 다가와 꿀 바른 입으로
살을 후벼 파는 고통의 고질병을 제발 고쳐달라고
간절하게 두 손 모아 싹싹 비비며 애원했지요

편작과 비견되는 양의 뛰어난 치유능력으로
여우는 고질병이 씻은 듯 나아서 닭똥 같은 눈물 흘리며
나와 함께 살아 달라 하소연
백년해로 천지서원 후 함께 살게 되었는데

여우가족들은 하나같이 고질병을 앓고 있어
천사 양은 아무런 대가 없이 엄마여우와 그 가족들 위해

여러 달 밤새워 병 치유해 주었어요

그래요 새로운 삶을 탄생케 한 생명의 은인이 된 거죠

그렇게 빛의 속도로 흘러간 10여 년의 주마등 세월

양의 정기를 달콤하게 빼먹고
나르시시즘에 취하여 순결둔갑 옷을 입은 여우가
그만 숫여우를 만나 아이코 바람이 났네
그러면 그렇지 드디어 아홉 꼬리가 대명천지에 드러나
는 구나

뒷간 갈 적 맘 다르고 올 적 맘 다른 여우
백년해로 천지약속 헌신짝으로 버리고

결국 오월춘추 서시로 다가와 동시 아니 똥시가 된 여우

요즈음 양의 식스센스 섬찟섬찟 오한 전율의 이유가
여우 때문이라는 걸 알고는
너무 기가 막혀 큐피드화살 부러트렸으나

가슴을 할퀴고 후벼 파는 철근 박힌 콘크리트 멍울이
　재생의 은혜를 던져버린 배은망덕 요망함의 독침에 찔
려 커져만 가고

철저히 씹어 먹힌 삶이
한의 덩어리 맺어 천지에 퍼져나가니
어찌 오뉴월에 서리가 맺지 않으리오

어느새 춘풍을 몰고 온 봄비가 내리고
화기를 품은 진달래 개나리 벚꽃물결 출렁이며
꽃비가 봄 향기를 타고 내리는 봄기운 완연하건만

양의 마음은
추풍낙엽 되어 바닥에 패대기쳐지고
차디찬 한의 얼음 속에 갇혀
녹지 않는 울음비 흘리며
한 겨울 속 세한도의 고목되어 떨고 있구나

그리스 신화 속의 트로이 전쟁은 절세의 미녀 헬렌을 두고 일어난 전쟁이었으며, 이처럼 사랑의 싸움은 모든 전쟁 영화, 또는 모든 비극의 주제라고 할 수가 있다. 오딧세우스가 그의 아내 페넬로페를 지키기 위하여 그토록 처절하게 싸운 것도 그렇고, 오르페우스가 사랑하는 연인 에우리디케를 찾아 지하의 세계로 내려갔던 것도 그렇다. 안토니우스가 클레오파트라의 치마폭에 숨어서 그의 왕국을 잃어버렸던 것도 그렇고, 테세우스의 미모에 반한 아리아드네가 그의 아버지와 오빠를 배신한 것도 그렇다. 사랑은 종족의 명령이며, 이 종족의 명령, 즉, 에로스의 화살을 맞으면 그는 이성이 마비되고 눈과 귀를 잃어버리게 된다.

김용철 시인의 「여우전설」은 그토록 아름답고 예쁜 여우의 말에 현혹되어 자기 자신의 몸과 마음을 다 빼앗긴 순한 양의 비극을 노래한 시라고 할 수가 있다. "큐피드화살에 콩깍지가 단단히" 씌워진 순한 양은 "방탄복 나일론 같이 모질고 기센 여우가 이상형"이었고, "새침데기 여우"는 눈 하나 깜짝하지 않고, "꿀 바른 입으로" 다가와 "살을 후벼 파는 고통의 고질병을 제발 고쳐달라고/ 간절하게 두 손 모아 싹싹 비비며 애원"을 했던 것이다. 도덕과 법이 없어도 그토록 순하고 착한 남편은 천하제일의 명의인 "편작"처럼 여우같은 아내의 고질병을 다 고쳐주고 "닭똥 같은 눈물 흘리며/ 나와 함께 살아 달라 하소연"에 "백년해로 천지서원 후 함께 살게 되었"던 것이다. 또한, "여우가족들은 하나같이 고질병을 앓고 있어/ 천사 양은 아무런 대가 없이 엄마여우와 그 가족들 위해/ 여러 달 밤새워 병을 치유해" 주고, 그들의 "생명의 은인이" 되었던 것이다.

하지만, 그러나 "그렇게 빛의 속도로" "10여 년의 주마등 세월"이 흐르고, "양의 정기를 달콤하게 다 빼먹"은 아내는 "나르시시즘에 취하여 순결둔갑 옷을 입은 여우가" 되었고, 그 결과, "그만 숫여우를 만나" 바람이 나고 말았던 것이다. 뒷간 갈 적 다르고, 뒷간 나올 적 다른 여우, 백년해로 천지약속을 헌신짝처럼 던져버리고, "오월춘추의 서시" 아닌 자본주의 사회의 "똥시가 된 여우"─. 피는 물보다 진하고, '여우의 전설'은 희생양의 토대 위에서 그 역사와 전통을 이어가게 된다.

그렇다. 어질고 순한 양과 그토록 사악하고 교활한 여우의 관계는 천적관계이며, 이 싸움에서 어질고 순한 양은 결코 여우를 이길 수가 없다. 어질고 순한 양은 도덕과 법이 없어도 살 수가 있지만, 그러나 그토록 사악하고 교활한 여우는 도덕과 법률을 이용할 줄 아는 자본주의 사회의 우등생이었던 것이다. 어질고 순한 양은 공격본능과 방어본능이 퇴화된 낙제생에 불과했던 것이고, 그토록 사악하고 교활한 여우는 공격본능과 방어본능을 다 갖춘 것은 물론, 천하무적의 지식을 지니고 있었던 것이다. 지식은 결코 가치중립적인 것이 아니며, 소수 지배원칙에 따라서 그 지식을 가지고 순한 양들의 몸과 마음을 유린하는 것은 물론, 그의 전 재산을 합법적으로 다 강탈해 나가고 있었던 것이다.

요즈음 양의 "식스센스 섬찟섬찟 오한 전율의 이유가" "여우 때문이라는 걸" 알아도 소용이 없고, "너무 기가 막혀 큐피드화살을 부러트"려 보아도 소용이 없다. 오히려, 거꾸로 "가슴을 할퀴고 후벼 파는 철근 박힌 콘크리트 멍울"만이 더 커져가고, "철저히 씹어 먹힌 삶이/ 한의 덩어리 맺어" "오뉴월에도 서리가" 맺히게 된다. "어느새 춘풍을 몰고 온 봄비가 내리고/ 화기를 품은 진달래 개나리 벚꽃물결 출렁"거려도 "양의 마음은/ 추풍낙엽 되어 바닥에" 패대기쳐진다.

이 세상의 삶은 강자의 법칙으로 되어 있으며, 이 강자의 법칙은 선악을 초월하여 존재한다. 지식, 즉, 총과 칼이 없는 정의는 정의가 아니며, 김용칠 시인의 「여우전설」속의 순한 양의 운명은 그토록 사악하고 교활한 여우에 의하여 유린당하게 되어 있는 것이다. 그토록 오랜 세월동안 몸과 마음을 다 빼앗기고, 전 재산을 다 빼앗기고 "차디찬 한의 얼음 속에 갇혀/ 녹지 않는 울음비 흘리며/ 한 겨울 속 세한도의 고목되어 떨고" 있어도 순한 양이 도덕과 정의와 순결을 지켜줄 전지전능한 예수 그리스도는 없는 것이다.

신이 인간을 창조한 것이 아니라 인간이 신을 창조한 것이다. 그토록 사악하고 교활한 여우는 서양의 제국주의자와도 같고, 입만 열면 야만인을 문명인으로 개화시키고, 궁극적으로는 그 어떤 다툼도 없는 하늘나라의 천국으로 인도해 가겠다는 천사의 역할을 자처한다. 제3세계의 원주민들은 그들의 전통과 역사와 종교는 물론, 모든 영토를 다 빼앗기고, 오직 천사와도 같은 여우를 위하여 몸과 마음을 다 바치게 된다. 순한 양의 영토에서 생산된 금은보화의 몫도 여우의 몫이 되고, 순한 양들이 헐벗고 굶주리며 생산해낸 온갖 곡물과 천연자원도 단 한 줌의 푼돈에 의해 다 빼앗긴다. 전 국민은 노예가 되고, 어리고 예쁜 여자들은 그들의 침실과 성욕을 채워주는 양공주가 된다.

여우의 전설은 대사기꾼이자 강도의 전설이며, 궁극적으로는 서양의 제국주의자들의 전설이라고 할 수가 있다. 순한 양이 순한 양의 역사와 전통을 지키지 못하면 저 사악하고 교활한 침략자들의 정복욕을 물리칠 수가 없다.

모든 전설은 힘에 의하여 구축되고, 그 야만적인 잔인성으로 그들만의 영원한 제국을 건설하게 된다.

장옥관
어느 배교자의 신앙 고백

　태어나 보이 모태신앙인기라. 봉제사 접빈객이 헌법이
고 족보가 경전인 경상도 땅인기라. 꿈에도 생각 몬 해본
배교背敎는 오직 분선이 이모 때문이제. 이모는 내보다 딱
한 살 더 뭇는데 분해서 분서이, 다섯째 딸인기라. 우에 히
는 필선必宣이고, 그 우에 히는 필조必助. 삼신할매한테 우
짜든동, 우짜든동, 손바닥 닳도록 치성 드리가 얻은 아가
또 딸인기라. 낳자마자 웃목에 던져었던 분서이는 큰히의
큰아들인 날 딴 별에서 온 사람으로 여겼을끼라. 외가 가
믄 분서이 이모는 방금 낳은 알을 몰래 내 손에 쥐키줬지.
그기 새 새끼 심장메로 팔딱이는 기라.
　내가 어무이 뱃속에 들앉아 있을 때 이모는 외할매 몸에
서 불안한 숨 몰아쉬었을 끼라. 부른 배 때매 사우 피해 츠
마 밑으로만 댕겼다는 할매, 한 지붕 아래 뒤뚱뒤뚱 딸내
미와 어매가 서로 마주치는 거도 을매나 민망시러운 일 아
니었겠노. 누가 등 떠민 것도 아인데 또 아를 가진 할매,

고마 죽은 아들 손잡고 저세상으로 가시뿌고. 분서이는 빼
덕어마이 눈칫밥이 떠밀어 국민학교 졸업하자마자 대처
로 떠났는기라. 큰히의 아들은, 아부지 어무이 다 잃고 교
복 차림으로 난생처음 서울행 완행열차를 탔는데 이모는
주인 몰래 나왔다카미 구개진 지폐 한 장 쥐키주고 캄캄한
골목으로 사라지는기라.

　그 후에사 말해가 뭐하겠노. 우째우째 내가 얼치기 박사
따고 교수 되는 동안 이모는 나이 많은 신랑 만내 노점채
소장사하다 덜컥 암종에 발목을 잡혔는기라. 여러 해 방사
선에 항암제에 조리돌림 당하다 서둘러 가고 말았으이, 슬
프다 풀 끗헤 이슬*. 남자와 여자, 아니 여자와 남자 그 한
끗에 누린 것들, 당연해서 당연하다 여기고 저질렀던 것들
미안코 미안해 때늦게 신앙 고백하는기라. 수지름 많았던
이모는 외가 삽짝 밖에 핀 분꽃을 닮았었제. 살구꽃 이파
리 날리듯이 눈발 흩뿌려지는 이 겨울 아침, 난데없는 까
치 울음 속으로 분서이 이모가 사부잭이 내리와 내 어깨를
다독이는기라.

* 송재학, 『슬프다 풀 끗헤 이슬』, 문학과지성사, 2019.

유교사상의 대가인 맹자는 사단四端을 역설한 바가 있는데, 측은지심惻隱之心과 수오지심羞惡之心과 사양지심辭讓之心과 시비지심是非之心이 바로 그것이라고 할 수가 있다. 측은지심은 인仁으로서 타인을 불쌍하게 여기는 것을 말하고, 수오지심은 의義로서 자기 자신의 옳지 못함을 부끄러워하는 것을 말한다. 사양지심은 예禮로서 타인에게 양보하는 마음을 뜻하고, 시비지심은 지智로서 옳고 그름을 판단하는 마음을 말한다.

장옥관 시인의 「어느 배교자의 신앙 고백」은 남존여비, 즉, 남성중심주의의 수혜자로서 그 남성주의를 부끄러워하며, 그 반대방향에서 남성중심주의의 최대의 피해하자인 분서 이모의 삶과 그 넋을 위로해 주고 있는 시라고 할 수가 있다. "봉제사 접빈객이 헌법"이라는 것은 조상의 제사와 손님을 맞이해야 했다는 것을 뜻하고, "족보가 경전인 경상도 땅"이라는 것은 혈연중심의 가계와 역사와 전통을 이어가지 않으면 안 되었다는 것을 뜻한다. 남자는 하늘이고, 여자는 '여필종부'와 '일부종사', 또는 '출가 외인'이라는 꼬리표를 달고 유교적인 가부장 제도를 숭배하지 않으면 안 되었던 것이다. 미리부터 말한다면 장옥관 시인은 태어날 때부터 모태신앙, 즉, 유교적인 남성중심주의를 입고 태어났던 것이고, 따라서 「어느 배교자의 신앙 고백」은 이제는 유교사상과 남성중심주의를 멀리하고, 만인평등주의에 입각하여 자기 자신의 삶과 그것을 반성하고, '분서이모'에게 사죄와 용서를 구하고 있는 것이다.

배교는 자기 자신의 모태신앙을 부정한다는 것이고, 자기 자신의 모태신앙을 부정한다는 것을 그가 태어난 사회의 역사와 전통을 모조리 부정하는 이단자가 되었다는 것을 뜻한다. 모든 순교자는 이단자였고, 그 이단자들은 조르다노 브루노와 스피노자처럼, 또는 예수와 부처처럼 십자가에 못 박혀 죽거나 화형을 당할 수밖에 없었던 것이다. 오늘날은 자본주의 사회이고, 자본주의 사회는 '사농공상의 최하천민'인 상인들이 그 모든 권력을 장악한 시대라고 할 수가 있다. 따라서 장옥관 시인의 「어느 배교자의 신앙 고백」은 그 어떤 처벌도 받지 않는 신앙 고백이지만, 그러나 그가 '배교자'가 될 수밖에 없었던 것은 그의 '분서이

이모' 때문이라고 할 수가 있다. 분서이 이모의 큰언니는
장옥관 시인의 어머니이고, 분서이 이모 위에는 필선이고,
그 위에는 필조이다. 분선이 이모는 "삼신할매한테 우짜든
동, 우짜든동, 손바닥 닳도록 치성"드려 얻은 다섯 째 딸아
이였던 것이고, 태어나자 윗목에 던져질 수밖에 없었던 것
이다. 탄생이 축복이 아닌 저주였던 분선이 이모, "내보다
딱 한 살 더 뭇는데 분해서" 분선이가 되었던 이모, 외가 가
면 방금 낳은 알을 아무도 몰래 손에 쥐어주었던 분선이
이모, 외할머니는 자나깨나 남아선호사상으로 분선이 이
모를 가졌고, 그 큰딸인 어머니는 친정살이를 하며 시인을
가졌고, 이 눈꼴 사납고 민망한 일도 남아선호사상 때문에
벌어진 불상사였지만, 그러나 분선이 이모의 불운한 팔자
는 피해 갈 수가 없었던 것이다.

　기대가 크면 실망이 크고, 실망이 크면 그 불행한 운명
은 사나운 재앙처럼 덮쳐온다. "내가 어무이 뱃속에 들앉
아 있을 때" "부른 배 때매 사우 피해 츠마 밑으로만 댕겼
다는 할매", "한 지붕 아래 뒤뚱뒤뚱 딸내미와 어매가 서로
마주치는" 일마저도 감내해야만 했던 할매, 그 할매마저도
벌써 "죽은 아들 손잡고 저세상으로" 떠나가시자, 즉, 계모,
"빵덕어마이 눈칫밥"이 싫어 국민학교를 졸업하자마자 대

처로 가출할 수밖에 없었던 분선이 이모의 운명이 그것을 말해준다. "큰히의 아들", 즉, 내가 일찍이 "아부지 어무이 다 잃고 교복 차림으로 난생처음 서울행 완행열차를 탔는데" 분선이 이모는 "주인 몰래 나왔다카미 구겨진 지폐 한 장"을 쥐어주고 캄캄한 골목으로 사라져갔고, 오랜 세월이 지난 후, "우째우째 내가 얼치기 박사 따고 교수 되는 동안 이모는 나이 많은 신랑 만내 노점채소장사하다 덜컥 암종에 발목"을 잡혔던 것이고, "여러 해 동안 방사선에 항암제에 조리돌림 당하다가 서둘러" 이 세상을 떠나가고 말았던 것이다.

인생은 짧고, 그 슬픔은 풀끝의 이슬과도 같다. 남자란 무엇이고, 여자란 무엇인가? 이 세상에 남자와 여자가 만나 그 사상과 이념, 또는 사회적 신분과 명예를 떠나서 자유와 평화와 행복을 누리며 살아 갈 수는 없었던 것일까? 똑같은 신분과 똑같은 가정에서 태어났지만, 나는 유교사상의 수혜자가 되고, 분선이 이모는 여자라는 이유로 그 수많은 학대와 천대 속에 최하천민의 삶을 살다가 떠났다는 것은 너무나도 크나큰 모순이자 운명의 장난이라고 하지 않을 수가 없다.

운명은 야누스의 얼굴과도 같고, 이 야누스의 얼굴이 남자와 여자의 운명을 결정한다. "슬프다 풀 끗헤 이슬. 남자와 여자, 아니 여자와 남자 그 한 곳에 누린 것들"이 그것을 말해주고, 유교적인 남성중심주의는 남자에게는 부귀영화를, 여자에게는 그토록 처절한 빈곤과 무명의 삶을 강요했던 것이다. 나는 얼치기 박사 따고 대학교수가 되었고, 수줍음 많아 분꽃을 닮았던 분선이 이모는 분해서 분꽃이 되었다. 운명은 야누수의 두 얼굴과도 같고, 부귀영화와 피골상접의 가난은 영원히 계속된다.

장옥관 시인의 「어느 배교자의 신앙 고백」은 "살구꽃 이파리 날리듯이 눈발 흩뿌려지는 이 겨울 아침, 난데없는 까치 울음 속으로 분서이 이모가 사부잭이" 내려와 쓰게 된 시이지만, 그러나 유교사상의 최고의 수혜자로서 유교사상에 반대하면서도 유교적인 앎과 그 예절로 용서를 빈다는 '역설의 노래'라고 할 수가 있다. 남성중심주의와 여성중심주의, 유교사상과 반유교사상, 이 상호 이율배반적이고 모순적인 삶의 태도가 서로 어긋나고 일그러지며, 그 어떤 논리로도 설명이 불가능한 운명의 교향곡을 연주해 나간다. 머리에서 발끝까지 유교적인 사상과 이념이 배어 있고, 그 전통과 예법에 익숙한 그 옛날의 구어체의 이야기와 그 언어들이 장옥관 시인의 「어느 배교자의 신앙 고백」을 천하제일의 명시로 만들어 준다. 십자가에 못 박히거나 조르다노 브루노처럼 화형을 당할 염려가 없다는 점에서는 그야말로 아주 웃기는 코미디 같기도 하지만, 그러나 수줍음 많은 분선이 이모에 대한 기억과 추억과 그 안타까움과 미안함에 대한 속죄는 만인들의 심금을 울리고 있는 것이다.

인생은 짧고, 풀끝의 이슬 같은 운명은 영원히 계속된다. 장옥관 시인의「어느 배교자의 신앙 고백」처럼—.

배옥주
소설小說

겨울이야기 한 마리를 소설小雪에 잡았다

노안을 호소하는 회원들을 불러 판을 벌였다 눈에 좋다
는 머리말은 피데기처럼 말려 잘게 찢었고, 목록은 자작하
게 볶아 내놓았다 행간에 들러붙은 살점들은 적당히 쫄깃
했다 다들 탄력적이라고 엄지를 세웠다

작은도서관 회원답게 301호는 단편마다 추려낸 부속물
들을 조목조목 품평했다 잡내를 잡으려면 기름기 번지는
복선을 걷어내야 한다고 목소리를 높였다 첫눈을 기다리다
눈사람이 되어버린 결말은 곱씹을수록 단물이 올라왔다

독서회를 세 개나 끌어가는 607호는 표제에 솟은 뿔부
터 표사 꼬리까지 툭툭, 질문을 던졌다 정답 없는 서술형
의 함정에 빠진 것 같았다 눈 덮인 장독에서 찌억쩍 금 가

는 소리가 들려왔다

　발라 먹고 조려 먹고 소설 한 마리를 오지게 뜯어 먹었
다 트림소리가 들리거나 소화불량으로 화장실을 들락거렸
지만 살얼음이 녹을 때까지 우리의 겨울은 살냄새로 충만
했다

배옥주 시인의 「소설小說」은 그가 참여하고 있는 독서회
를 소재로 한 이야기 시이며, "겨울이야기 한 마리를 소설
小雪에 잡았다"라는 시구에서처럼 그 품평회를 주제로 한
시라고 할 수가 있다. "겨울이야기 한 마리를 소설小雪에
잡았다"라는 다소 도발적이고 급진적인 발언은 만인들의
시선을 순식간에 사로잡고, 그리하여 그 겨울이야기 한 마
리를 잡아 해부하고 요리하는 최고급의 명인의 솜씨로 보
여주게 된다.

　　"노안을 호소하는 회원들을 불러 판을 벌였다"는 것은
독서회원들의 나이가 중년을 넘겼다는 것을 뜻하고, "눈에
좋다는 머리말을 피데기처럼 말려 잘게 찢었다"는 것은 독
서회원들의 마음을 유혹하기 위해 아주 맛 좋은 미끼를 사
용했다는 것을 뜻한다. "목록은 자작하게 볶아 내놓았다
행간에 들러붙은 살점들은 적당히 쫄깃했다"는 것은 다양
한 요리와 그 솜씨를 뜻하고, "다들 탄력적이라고 엄지를

세웠다"는 것은 독서회원들의 마음과 그 미각취미를 사로잡았다는 것을 뜻한다.

"작은도서관 회원답게 301호는 단편마다 추려낸 부속물들을 조목조목 품평"했고, "잡내를 잡으려면 기름기 번지는 복선을 걷어내야 한다고 목소리를 높였다." 겨울이야기가 다양한 부위와 그 부속물이 있는 생선인 것처럼, 소설小說은 여러 단편들로 이루어진 이야기책이고, 잡내와 기름기, 즉, 군더더기와 감정의 과잉을 제거하지 않으면 안 되고, 그 결과 "첫눈을 기다리다 눈사람이 되어버린 결말은 곱씹을수록 단물이" 솟아 나오게 되었던 것이다.

첫눈을 기다리다 눈사람이 되어버린 사람은 과연 어떤 사람일까? 티없이 맑고 순수한 처녀일까, 아니면 어진 현모양처일까? 건강하고 꿈 많은 청년일까, 아니면 성인군자의 탈을 쓴 남편일까? 첫눈이 내린다는 소설小雪에, '겨울이야기 한 마리를 잡는다'는 시적 주제는 배옥주 시인이 연출해낸 「소설小說」이 되고, 이 소설의 아름다움이 책을 읽고 글을 쓰는 직업이 얼마나 고귀하고 위대한 직업인가를 일깨워 준다. 고전이란 시대를 초월하여 살아 있는 작품이며, 그 사상과 이론, 즉, 그 삶의 지혜는 천하제일의 풍경과도 같다. 보고 또 보아도 저절로 탄성이 솟아나오고, 읽고 또 읽어도 그 이야기의 꿀맛은 새롭게 솟아나온다. "고전을 읽으라/ 참으로 고전다운 고전을 읽으라"는 명언의 참된 이유가 여기에 있고, 시대와 인종과 민족의 편견을 넘어서서 전 인류를 감동시킬 소설의 존재 이유가 바로 여기에 있는 것이다.

가장 정교하고 세련된 언어, 가장 아름답고 훌륭한 문체, 페이지, 페이지마다 만인들의 심금을 울리는 명장면, 어느 누구도 반박하거나 이의를 제기할 수 없는 심오한 주제와 그 철학 등은 시와 소설은 물론, 우리 인간들의 삶의 전부면을 장악하고 있다고 할 수가 있다. 머리말과 목록과 행간과 행간의 살점들은 '겨울이야기'의 가장 중요한 메뉴(이야기)가 되고, 그밖의 부속물들은 맛보기 메뉴가 되고, 그리고 마지막으로 쓸모없는 군더더기, 즉, 기름기 번지는 복선을 걷어내면 "첫눈을 기다리다 눈사람이 되어버린" '겨울이야기'가 완성되는 것이다.

이제, 마지막으로 남은 것은 "독서회를 세 개나 끌어가는 607호" 회원처럼, "표제에 솟은 뿔부터 표사 꼬리까지 툭툭, 질문을" 던져보고, "정답 없는 서술형의 함정에" 빠져 보는 것도 좋을 것이다. "첫눈을 기다리다 눈사람이 되어버린" 사람은 과연 어떤 사람일까? 그는 과연 만인들의 이상적인 사람이었을까, 아니면, 만인들의 동정과 연민의 대상이었을까? 이 세상의 삶과 자연의 이치는 옳고 그름의 문제가 아니고, 정답과 오답의 문제도 아니며, 그 어떠한 해답도 없는 형이상학적인 문제라고 할 수가 있다. 무엇이 아름답고 추한 것이며, 그 어디가 천국이고 지옥이란 말인가? 우리 인간들은 이러한 형이상학적인 문제들 앞에서 영원한 어린아이들이고, "눈 덮인 장독에서 쩌억쩍 금 가는 소리가 들려"왔던 것이다.

배옥주 시인의 「소설小說」은 아주 깊이가 있고 주도면밀하게 구성된 시이며, 그 시로서 쓴 소설이라고 할 수가 있다. 첫눈, 즉, 소설小雪은 소설小說이 되고, 소설은 시가 된다. 소설은 겨울이야기가 되고, 겨울이야기는 거대한 생선이 된다. 이야기는 요리 음식이 되고, 요리 음식은 작은도서관 회원들의 미각과 입맛을 사로잡는다. 요컨대 "발라 먹고 조려 먹고 소설 한 마리를 오지게 뜯어" 먹게 된 것이다. "트림소리가 들리거나 소화불량으로 화장실을 들락"거릴 수도 있었겠지만, 그러나 그것은 겨울이야기의 아주 작은 매운맛(잡음)에 지나지 않았던 것이다.

인류의 역사는 문학, 즉, 이야기의 역사이며, 이야기의 역사는 전체 인류를 살아 움직이게 하는 원동력이라고 할 수가 있다. 좋은 책은 영원한 건강식품이며, 우리 인간들의 정신과 육체의 건강과 행복을 가져다가 준다. 이야기에 의해서 젖과 꿀이 흘러나오고, 이야기에 의해서 만물이 탄생한다. 이야기에 의해서 만물의 열매를 수확하고, 이야기에 의해서 "살얼음이 녹을 때까지" "우리들의 겨울은 살냄새로 충만"해진다.

첫눈이 소설이 되고, 소설이 시가 되고, 시가 겨울이야기가 되는 '나무아미타불의 기적'이 배옥주 시인의 「소설小說」의 시적 성과라고 할 수가 있는 것이다.

어느 철학자의 말대로, 모든 시대마다 모든 민족에게는 그 어느 누구와도 비교할 수 없는 이야기의 천재가 있는 것이다.

임은경

몽고반점

엄마 자궁에서 나올 때
푸른 점 하나 엉덩이에 새겼지
오래된 기억을 새기고
첫발을 내디딜 땐 모두가 환호했지
초원을 걸을 때나 하늘길을 달릴 때도
푸른 점은 아이를 지켜줬지

아이가 커가면서
몽고반점은 점점 희미해졌지
흙바람에 눈을 감기도 하고
따가운 햇살을 피하기도 하면서
아이는 점점 흙을 멀리하게 되었지

어느 날,
바다 깊은 곳에서 태초의 기억이 말을 걸어왔지

바다 이야기를 간직한 물고기 이야기,

나비와 새가 날던 숲의 이야기

억만 광년의 거리에서 보면

우리는 푸른 점 안에서 살고 있지

서로 손잡고 있지

몽고반점이란 어린아기의 엉덩이와 등과 다리에 분포하는 푸른 반점을 말하고, 배아 발생 초기에 표피로 이동하던 멜라닌 세포가 진피에 머물러 생긴 자국이라고한다. 일반적으로 출생후 3년에서 5년 사이에 사라지며, 사춘기가 되면 완전히 사라진다고 한다.

　　"엄마 자궁에서 나올 때/ 푸른 점 하나"가 몽고반점인 이유는 1883년 일본에서 활동하던 에르빈 발츠가 몽고인 환자들에게서 가장 많이 발견된다고 하여 부르게 된 것이지만, 그러나 몽고반점은 아시아, 아프리카 특정민족, 오세니아 원주민, 아메리카 원주민 등에서 다양하게 발견되는 우성형질이라고 한다.

　　임은경 시인의 「몽고반점」은 단순한 '몽고반점'이 아닌 신의 축복의 징표이며, 이 몽고반점의 축복 속에서 자기 자신의 정체성을 지키며, 그 어떤 고통과 역경도 다 극복해 나간다. "오래된 기억을 새기고/ 첫발을 내디딜 땐 모두가 환호했지"가 그것이고, "초원을 걸을 때나 하늘길을 달릴 때도/ 푸른 점은 아이를 지켜줬지"가 그것이다.

　모든 병이 '마음의 병'(심인성 질병)인 것처럼 신의 축복을 받은 사람은 몸과 마음의 질병에 걸릴 확률이 거의 없다. 무한한 자부심(자긍심)은 의지를 길러주고, 의지는 용기를 북돋아 주고, 천하무적의 용기는 그 모든 외부의 적들을 다 물리친다. "아이가 커가면서/ 몽고반점은 점점 희미해졌"고, 흙바람에 눈을 감고 "따가운 햇살을 피하기도" 했지만, 그러나 어느 날 "바다 깊은 곳에서 태초의 기억이 말을 걸어" 온 것이다. 태초의 기억은 몽고반점의 기억이며, 그것은 "바다 이야기를 간직한 물고기 이야기"와 "나비와 새가 날던 숲의 이야기"이기도 했던 것이다.

　대부분의 사람들은 유기체와 무기체가 다르고, 산과 바다, 혹은 땅과 바다가 다르다고 생각한다. 하지만, 그러나 무기체가 없으면 유기체도 없고, 바다가 없으면 산도 없다. 모든 유기체들은 무기체로 구성되어 있고, 고산영봉들도 그 뿌리는 바다에 두고 있는 것이다. 몽고반점은 바다를 간직한 물고기 이야기이고, 나비와 새가 날던 숲의 이야기와 영원한 어린아기의 탄생신화의 징표라고 할 수가 있다.

몽고반점. 천년, 만년, "억만 광년의 거리"에서 바라보아도 영원히 사라지지 않는 몽고반점—.

우리는 오늘도, 내일도 '몽고반점' 안에서 살아가며, 이 아름답고 풍요로운 세상을 살아가게 될 것이다.

이숭애

저녁의 방향

먼 산등성이로
해가 넘어간다

일찍 집을 나선 새벽이 그 사이 늙어
서쪽하늘에 붉은 발자국을 찍으며
집으로 가고 있다

지친 몸을 흔들리는 허공에 묶고 꾸벅꾸벅 졸거나
휴대폰에 코를 박고 앉거나 서 있어도

참, 좋구나 저녁이란 말
퇴근이란 말

각자의 아침을 매고 나온 사람들
빌딩 숲 어디쯤 짐을 부려놓고 오는 것일까

미로를 헤매고 먼 길에 절뚝이며
출구를 찾던 하루가 묵묵히 마스크 속에
입을 숨기고 말을 삼켜도

집이 다가올수록, 숨이 트인다

차창을 넘어온 금속성의 날카로운 바퀴소리도 귀에 걸
치고
금세 겉잠이 드는 도시의 유목민들
따끈한 밥상과
어딘가에 발을 뻗고 잘 방 한 칸이 있기에
모두 연어 떼가 되어
오던 길 거슬러 가는 중이다

이내 멀어지거나 우르르 다가오는 낯선 얼굴들
저녁에 승차해서 모두 한 방향으로 달린다

역에 닿을 때마다 조금씩 어둠이 짙어진다

멀거나 가깝거나
모든 저녁은 기다림을 향해 저물어 간다

밀물이 있으면 썰물이 있어야 하고, 양지가 있으면 음지가 있어야 한다. 낮이 있으면 밤이 있어야 하고, 어렵고 힘든 노동이 있으면 즐겁고 기쁜 휴식이 있어야 한다. 자연의 이치는 이처럼 모든 사물들의 질서와 균형을 잡아주며, 상호간에 조화를 이룰 수 있게 해준다.

이승애 시인의 「저녁의 방향」은 "참, 좋구나 저녁이란 말/ 퇴근이란 말"에서처럼 하루의 일과를 끝내고 자기 자신의 집으로 돌아가는 사회인들, 즉, "도시의 유목민들"의 삶을 노래한 시라고 할 수가 있다. 사랑하는 부모형제와 사랑하는 아내와 자식들이 기다리고 있으며, 피곤하고 지친 육체를 씻고 너무나도 산뜻하고 편안하게 잠을 잘 수 있는 집은 모든 꿈과 행복이 자라나는 신화적인 공간이라고 할 수가 있다. 집, 즉, 보금자리란 최초의 시원의 장소이자 우리들 모두가 다같이 하늘나라로 돌아갈 장소라고 할 수가 있다. "일찍 집을 나선 새벽이 그 사이 늙어/ 서쪽하늘에 붉은 발자국을 찍으며/ 집으로 가고 있다"라는 시구에서처럼, 어느 누구도 집을 떠나서는 살 수가 없다.

"먼 산등성이로/ 해가 넘어"가면 일찍 집을 나선 사람들이 그 사이 늙어 서쪽하늘에 붉은 발자국을 찍으며 집으로 가고 "각자의 아침을 매고 나온 사람들"은 "빌딩 숲 어디쯤 짐을 부려놓고 오는 것일까"라고 이승애 시인이 묻고 있듯이, 일터에서의 삶이란 크고 작은 사건과 사고의 연속이고, 이 사건과 사고의 삶 속에서 자유로운 사람은 없다. "차창을 넘어온 금속성의 날카로운 바퀴소리도 귀에 걸치고/ 금세 겉잠이 드는 도시의 유목민들"이란 이 일터에서 저 일터로 떠돌아다니는 사람들을 말하지만, 그러나 "따끈한 밥상과/ 어딘가에 발을 뻗고 잘 방 한 칸이 있기에/ 모두 연어 떼가 되어/ 오던 길 거슬러 가는 중"인 것이다.

이승애 시인의 「저녁의 방향」은 미로에서의 탈출이며, 영원한 안식처로 향한다. 우리가 최초로 태어나고 자란 곳도 집이고, 사랑하는 부모형제와 천륜을 맺어준 곳도 집이다. 잠을 자고 꿈을 꿀 수 있는 곳도 집이고, 밤하늘을 연구하고 우주왕복선을 띄울 수 있게 해준 곳도 집이다. 집은 모든 영웅신화의 산실이며, 우리가 그 영웅신화의 주인공이 되어 살다가 모든 사람들과 작별을 고하고 하늘나라로 돌아갈 수 있는 곳도 집이다. "이내 멀어지거나 우르르 다가오는 낯선 얼굴들"도 집으로 가고, "저녁에 승차해서 모두"들 다같이 "한 방향으로만 달린다."

집은 나와 우리 가족, 아니, 우리 모두의 안식처이며, 우주적인 꿈과 행복의 발사기지라고 할 수가 있다. 제우스가 돌아가는 곳도 집이고, 아프로디테가 돌아가는 곳도 집이다. 천마 페가수스가 돌아가는 곳도 집이고, 천하제일의 바람둥이가 돌아가는 곳도 집이다. 우리는 날이면 날마다 꿈을 꾸고, 호머라는 별을, 베토벤이라는 별을, 파블로 피카소라는 별을, 단군이라는 별을, 세종대왕이라는 별을, 아인시타인이라는 별을, 니체라는 별을 쏘아올린다.

집이 다가올수록 숨통이 트이고, 더없이 달콤한 잠과 아름답고 멋진 꿈들이 쏟아진다.

모든 「저녁의 방향」은 우주적인 꿈과 행복의 발사기지로 향한다.

김영석

채송화

이 허전함 참 오래간다

무리에서 떨어진다는 것

외톨이가 된다는 것은 권태로운 즐거움

혼자 즐겨본다

발 까닥까닥 놀아보는 늦은 오후

저 혼자 피어있다

혼자 핀 꽃은 외롭고 쓸쓸하고, 무리를 지어 핀 꽃은 아름답다. 모든 생명체는 무리를 짓는 것이 근본 법칙이고, 이것이 종족의 명령인 것이다.

이 세상에서 가장 큰 '형벌의 고통'은 무리로부터 소외되어 있다는 것이고, 이 홀로된 자의 고통은 너무나도 가혹하고 크다고 하지 않을 수가 없다. 가뭄과 기근, 대홍수와 천재지변, 그리고 수많은 짐승과 외부의 적에 대한 그 어떤 대책도 세울 수가 없다는 것이 바로 그것이라고 할 수가 있다.

몸이 병 들거나 두 발로 설 수 없으면 그 어떤 일도 할 수가 없듯이, '혼자라는 질병'은 그 어떤 통치약도 없는 것이다. "무리에서 떨어진다는 것/ 외톨이가 된다는 것은 권태로운 즐거움"이 아니라 생사불명의 혼돈이며, 어느 누구도 두 번 다시 겪어보고 싶은 않은 너무나도 끔찍한 재앙이라고 할 수가 있다.

홀로된 자의 고독과 즐거움은 망망대해의 표류가 아닌, 언제, 어느 때나 돌아갈 곳이 있는 자의 콧노래에 지나지 않는다. 부잣집 아들이 자기 스스로 사막횡단 여행을 떠난 것과도 같고, 세계적인 명문대학교의 교수가 절해고도의 외만 섬에서 학문연구에 몰두를 하고 있는 것과도 같다. 안전벨트도 있고, 구명보트도 있다. 비상식량도 넉넉하고, 그가 소속된 사회로부터 온갖 특전과 특혜도 받을 수가 있다면 홀로된 자의 고독은 김영석 시인의 「채송화」처럼 아름답고, 그처럼 즐겁고 행복할 수도 있을 것이다.

무리로부터 떨어지면 존재의 근거를 잃게 되고, 무리 속에 갇혀 있으면 자기 자신의 주체성을 상실하게 된다. 홀로된 자의 자유도 자유가 아닌 병이고, 무리 속의 행복도 행복이 아닌 병이다. 홀로된 자의 행복은 공허하고, 무리 속의 행복은 자아 상실의 질병과도 같다.

홀로된 자는 끊임없이 그가 소속된 무리의 건강과 행복을 연구해야 하고, 공동체 사회 속에서 살고 있는 자는 끊임없이 공동체 사회를 떠나 자기 자신의 행복을 연주할 준비를 해야 한다.

"발 까닥까닥 놀아보는 늦은 오후", 김영석 시인의 「채송화」는 "저 혼자 피어" 있을 수도 있지만, 이 채송화의 그토록 간절한 꿈은 수십 만, 또는 수천 만의 '채송화 씨앗'을 퍼뜨리는 것이라고 할 수가 있다.

혼자 사는 인간은 공동체 사회를 그리워해야 하고, 무리 속의 인간은 개인의 자유를 찾아 떠날 준비를 해야 한다.

채송화, 채송화—.

혼자 핀 채송화는 아름답고 예쁠 수도 있지만, 그러나 이 아름답고 예쁜 「채송화」는 이내 그 흔적조차도 남기지 못하고 사라져 가버릴 수도 있는 것이다.

이종분

아름다운 그림

친구는 걱정이 태산이다
새 식구 들이는데 열 세평 전세라고 했더니
결혼을 할까 말까 한다고

신혼의 첫 살림 찬장이 사과 궤짝이었다면
그들은 무어라 말할까
시장 바닥에서 때 묻지 않은 뽀얀 사과 궤짝 하나 얻어
다가 사포로 몸단장하고 프라이팬과 냄비를 넣어 두었다

내 생에 가장 아름다운 그림이었다

가난이 죄가 되지 않고 이웃과 이웃들 사이에 문이 열려 있을 때는 모든 것이 시가 되고 낭만이 있었던 것이다.

돈은 이기주의의 꽃—, '돈꽃'이 피면 이웃과 이웃들이 문을 닫아걸고, 아주 작고 사소한 일에도 끊임없이 시비를 걸고 고소—고발의 소송전을 전개한다.

신혼 살림집이 열세 평 전세라고 걱정하는 오늘날과 신혼 살림의 찬장이 사과 궤짝이었다는 지난날과 어느 시절이 더 아름답고 행복했던 시절이었단 말인가?

오늘날은 시도 죽었고 낭만도 죽었지만, 그 옛날에는 모든 것이 시가 되고 낭만이 되었던 것이다. 가난해도 꿈과 희망이 있었고, 이 꿈과 희망으로 우리들의 마음 속의 행복(부유함)을 펼쳐보일 수가 있었던 것이다.

"새 식구 들이는데 열 세평 전세라고 했더니/ 결혼을 할까 말까 한다고" "친구는 걱정이 태산"이지만, 그러나 "시장 바닥에서/ 때 묻지 않은 뽀얀 사과 궤짝 하나 얻어다가/

사포로 몸단장하고 프라이팬과 냄비를 넣어 두었"던 그 옛
날의 신혼시절이 내 인생의 가장 「아름다운 그림」이 되어
주었던 것이다.

해학과 풍자의 극치―. 웃음과 여유가 있고, 따뜻하고
훈훈한 인심과 사랑이 묻어 있다. 상상계와 상징계, 그리
고 실재계가 거울처럼 맑고 투명하게 구축되어 있으며, 시
와 그림과 음악을 통해 우리 인간들의 행복이 한 폭의 산
수화처럼 펼쳐진다.

이종분 시인의 내 인생의 가장 「아름다운 그림」은 서정
시의 진수이자 우리 인간들의 행복의 밑그림이라고 할 수
가 있다.

황상순

소라게의 집

소라껍데기를 찾지 못한 게는
버려진 깡통으로 집을 마련했다
방도 더없이 넓고
이곳저곳 다니기에 부족함이 없으나
내 귀는 깡통
더 이상 바다가 그립지 않다

"내 귀는 소라껍질/ 바다의 소리를 그리워 하나니"(「내 귀는 소라껍질」)는 장 콕토의 시이며, 이 세상의 수많은 학생들의 동심과 모든 인간들의 낭만적인 서정을 자극하고 있는 시라고 할 수가 있다. 귀와 소라껍질은 그 형태가 아주 유사하고, 이 유사성에 착안하여 영원한 고향인 바다에 대한 그리움과 그 향수를 자극하며, 모든 인간들의 마음을 사로잡고 있는 시라고 할 수가 있다.

'바다-고향'은 영원한 젖줄이며, 언제, 어느 때나 우리 인간들이 되돌아가 영원히 살고 싶은 곳이라고 할 수가 있는 것이다. 시각, 청각, 후각, 미각 등의 토대도 끝끝내는 고향이며, 따라서 이 '바다-고향'을 잊은 자는 머나먼 이방인이거나 외계인, 또는 기계 인간의 로봇에 지나지 않는다.

황상순 시인의 「소라게의 집」은 고향 상실의 회한이 담겨 있는 시이며, 문명비판의 시각에서, '만물의 죽음'을 노래한 시라고 할 수가 있다. 일론 머스크와 빌 케이츠와 저

커버그와 손정의 등, 이 세계적인 부자들은 인공지능 출현의 열광적인 찬양자들이며, 그들은 인간과 인공지능, 고향과 고향 상실의 전도 현상을 제대로 인지하지 못한 채, 오직 '돈벌이'에만 혈안이 되어있는 악마들이라고 할 수가 있다.

소라게는 그의 집을 잃어버렸고, 어쩔 수 없이 빈 깡통을 그의 집으로 삼았다. 요컨대 소라들은 오염된 바다에서 더 이상 살 수가 없었던 것이고, 따라서 빈 깡통은 "방도 더 없이 넓고/ 이곳저곳 다니기에 부족함이 없"었으나, "내 귀는 깡통/ 더 이상 바다가 그립지 않"게 되었다는 것이다.

소라도 소라게도 죽었고, 바다와 고향도 죽었다. 시와 시인도 죽었고, 낭만과 꿈도 죽었다. 인공지능이 생각하고, 인공지능이 지시를 내리며, 우리 인간들은 인공지능의 명령에 따라 울고 웃으며, 이제는 인공지능만을 전지전능한 신으로 섬기며 살아가게 된다. 이제 스마트폰과 자동차와 TV를 빼앗는다면 죽으라는 것과 마찬가지이고, 다른 한편, 피도 눈물도 없이 인공지능에게 충성을 맹세하지 않으면 그 어떠한 일도 할 수가 없게 된 것이다.

노벨문학상과 노벨물리학상도, 노벨화학상과 노벨평화상과 노벨의학상도 인공지능이 다 싹쓸이 하게 되었고, 요컨대 이 세상은 '인공지능 만세의 세상'이 된 것이다.

　소라게의 집은 빈 깡통이고, 우리 인간들의 집은 인공지능 로봇이고, 다 시간의 풍화작용에 따라 폐기처분될 운명에 놓였다.

　이단을 행하면 화를 부르듯이, 자연을 파괴하면 해로울 뿐이고, 인간이 인간의 역할을 축소시키고 인공지능에게 맡기면 만물의 터전과 인간의 죽음만을 재촉할 뿐이다.

이순화
산이 오고 있다

해를 앞세우고 산이 오고 있다

종갓집 들어서는 집안 어른같이
마을 인사 나서는 장년같이
차례상 앞으로 다가앉는 공손한 자손같이

높은 산이 오고 있다

한 사람 뒤에 한 사람 또 한 사람

층층 고조할아버지 증조할아버지 할아버지 아버지 그리
고 끄트머리 내가
굽이굽이 둥근 능선을 그리며
수굿이 장엄하게
한 세계가 오고 있다

이글이글 타오르는 조선의 태양을 앞세우고

큰 사람이 오고 있다

우리 인간들의 문명과 문화의 성과는 역사의 토대 위에 기초하고 있으며, 역사란 우리 인간들이 무리를 짓고 살아가며 이 세상의 모든 장애물들을 극복하는 데 최선의 수단이 되어주고 있다고 할 수가 있다. 역사란 시간과 공간을 초월하여 과거의 삶과 지혜를 전수해 주었던 것이고, 우리 인간들은 이 역사적 교훈을 토대로 하여 전인미답의 길을 개척해가며, 미래의 후손들의 삶의 지평을 열어주고 있다고 할 수가 있다.

어느 누구도 역사 이외의 존재일 수가 없듯이, 역사란 거대한 산맥이며, 이 역사적 인간들의 삶의 족적이 언제, 어느 때나 고산영봉처럼 우뚝 우뚝 솟아있는 것이다. 환인과 환웅과 단군 왕검 등이 있었고, 동명성왕과 광개토대왕과 장수왕 등이 있었다. 온조왕과 근초고왕과 의자왕 등이 있었고, 박혁거세와 진흥왕과 문무왕 등이 있었다. 고려에는 태조 왕건과 충렬왕과 공양왕 등이 있었고, 조선시대에는 태조와 세종대왕과 고종 황제 등이 있었다.

이순화 시인의 「산이 오고 있다」는 장중하고 울림이 큰 대서사시이며, 역사의 발전법칙에 따른 '조선의 태양'을 그 주제로 다룬 시라고 할 수가 있다. 해를 앞세운 산이 오고 있고, "종갓집 들어서는 집안 어른같이/ 마을 인사 나서는 장년같이/ 차례상 앞으로 다가앉는 공손한 자손같이" "높은 산이 오고 있다." "한 사람 뒤에 한 사람 또 한 사람", "층층 고조할아버지 증조할아버지 할아버지 아버지 그리고 끄트머리 내가/ 굽이굽이 둥근 능선을 그리며/ 수긋이 장엄하게/ 한 세계가 오고" 있고, 요컨대 "이글이글 타오르는 조선의 태양을 앞세우고/ 큰 사람이 오고 있"었던 것이다.

역사는 산소와도 같고, 이 세상의 숨구멍과도 같다. 이 역사의 숨구멍을 통해서 조선의 태양이 떠오르고 큰 사람이 오고 있는 것이다. 우리 한국인들은 미래의 인간의 이상형이며, 인류 역사의 신기원을 이루게 될 것이다. 그렇다. 환인, 환웅, 단군 등—, 아름다운 것은 우리 한국인들밖에는 없는 것이다.

역사는 조상이 주는 가장 큰 삶의 지혜이자 우리 인간

들의 문화유산이며, 이 세상의 그 모든 고통과 장애물들을 퇴치하는 천하제일의 명약인 것이다. 조선의 태양은 인류의 역사상 최초의 태양이자 온천지를 밝혀주는 영원한 태양이라고 할 수가 있다.

철학을 공부하고 세계적인 고전을 많이 읽으면 지배자가 되고, 일제식 암기교육을 받고 책을 읽지 않으면 노예가 된다. 오늘날의 미국인들과 한국인들의 차이는 고급문화인과 충견의 차이와도 같다. 우리 한국인들은 일제식 암기교육을 받고 복종하는 법만을 배웠기 때문인 것이다.

현상연

울음, 태우다

맨드라미 붉게 타오르던 날
그녀가 불 속으로 들어갔다
뜨거운 세상이 서늘하였기 때문이라고
누군가 말했다

길들여진 인내는 잿빛 바람이 되고
해묵은 생의 파편들은 숯이 되었다
문밖을 서성이던 어떤 울음은 불이 되고
까맣게 뚫린 심장 사이로 들락거리던 울음은
토하지 못하는 울음이 되었다

초여름 날 예측하지 못한 검은 행렬이
깃을 세우고 다가와
게걸스럽게 먹어 치우던 불길 앞
마른 눈물이 바닥을 기었다

화구에 들어간 그녀

까만 재 들추니 씹지 못한 쇠붙이 한 개

마지막 유언처럼

거룩한 자세로 누워 있었다

울음이란 모든 생명체들이 내지르는 소리이겠지만, 우리 인간들의 울음이란 대부분이 슬픔 때문에 우는 소리라고 할 수가 있다. 슬픔이란 어떤 장애물 때문에 발생하는 고통스러운 감정을 말하고, 우리는 그 대책 없음 때문에 어쩔 수 없이 단말마적인 울음을 울게 된다.

울음은 슬픔이고 비명이지만, 그러나 현상연 시인에게 있어서의 울음은 그 주체자의 몸통이 된다. 울음은 그녀가 되고, 그녀는 "문밖을 서성이던 어떤 울음은 불이 되고"라는 시구에서처럼 그 불덩이 몸의 추위 때문에 오히려, 거꾸로 "맨드라미 붉게 타오르던 날" 그 불 속으로 뛰어 들어갈 수가 있었던 것이다. 만일, 그녀의 몸(울음)이 불이라면 이 세상에서의 삶은 너무나도 추웠다는 것이고, 따라서 그녀는 그녀의 몸을 치유하기 위해 불 속으로 뛰어 들어갔다고 할 수가 있는 것이다.

하지만, 그러나 "길들여진 인내는 잿빛 바람이 되"었고,

"해묵은 생의 파편들은 숯이" 될 수밖에 없었다. "문밖을 서성이던 어떤 울음은 불이" 되었고, "까맣게 뚫린 심장 사이로 들락거리던 울음은/ 토하지 못하는 울음이 되었다." 울음은 그녀의 몸통이 되고, 그녀의 몸은 불이 된다. 불은 "초여름 날 예측하지 못한 검은 행렬이/ 깃을 세우고 다가와/ 게걸스럽게 먹어 치우던 불길 앞"이라는 시구에서처럼, "마른 눈물"이 된다. 더 이상 젖거나 마를 일이 없는 눈물—. 요컨대 이 마른 눈물은 그녀의 일생 자체가 '울음'이었다는 것을 증명해준다.

울음은 몸통(북)이 되고, 슬픔은 채찍(북채)이 되고, 고통은 울음이 된다. 하지만, 그러나 "화구에 들어간 그녀/ 까만 재 들추니 씹지 못한 쇠붙이 한 개/ 마지막 유언처럼/ 거룩한 자세로 누워 있었다"라는 시구에서처럼 그녀는 영원한 소화불량증 환자로서 죽을 수밖에 없었던 것이다.

현상연 시인의 「울음, 태우다」는 인간이 아닌 울음의 장례식이며, 그녀는 이 세상의 삶, 즉, 슬픔을 삭히지 못한 소화불량증 환자였던 것이다. "까만 재 들추니 씹지 못한 쇠붙이 한 개"는 소화불량증 환자의 징표가 되고, 그것이 "마지막 유언처럼/ 거룩한 자세로 누워 있었다"는 것은 이 세상의 최고의 삶의 비법이 슬픔을 소화시키는 일이라는 것을 시사해준다.

현상연 시인의 「울음, 태우다」에서는 둥둥둥, 북소리가 들려오고, 이 세상에서 별 볼 일 없고 하찮은 존재였던 그녀의 넋을 위로해주는 노래가 울려퍼진다.

모든 시는 낙천주의를 양식화시킨 것이고, 모든 비가는 이 세상의 삶의 찬가로 승화될 수밖에 없는 것이다.

아아, 현상연 시인이여, 만일 그렇다면 우리는 과연 어떻게 슬픔을 받아들이고, 그 슬픔을 소화시킬 것이란 말인가?

안정옥
죽은 척하기

곰을 만나면 죽은 척, 그러나 곰과 맞닥트린 적이

없다 동물원의 곰 발걸음은 멈춰있는 마침표로

그에게 나도 여전히 멈춰있는 마침표 일 것이다

죽은 척하는 사람, 주머니 속에는 숨겨둔 손이 있다

무엇을 할지는 그 다음일이다

"곰을 만나면 죽은 척"하라는 것은 곰은 죽은 생명체를 건드리지 않는다는 그 습성 때문에 생긴 말일 것이다. 곰을 만났을 때의 '죽은 척하기'는 일종의 자기 보호색이자 방어본능일 수도 있지만, 그러나 이 방어본능 속에는 그 무엇보다도 무서운 공격성이 숨어 있을 수도 있는 것이다. 왜냐하면 '죽은 척하기'는 가짜 죽음이고 속임수이며, 따라서 이 속임수 뒤에는 주머니 속의 "숨겨둔 손"이 있기 때문이다.

동물원의 곰은 그 사나운 공격성이 거세되어 있고, 동물원의 관람객인 나 역시도 그 어떤 공격성도 갖고 있지 않다. 곰과 나의 호전적인 공격성은 마침표로 그쳐 있지만, 그러나 우리 인간들의 공격성은 그 마침표 뒤에 숨어 있을 때가 더욱더 사납고 잔인하게 드러나고 있다고 할 수가 있다.

모든 전쟁은 '기습작전'이 승패를 좌우하고, 그래서 '유비무환의 경계 태세'가 필요한 것이다.

청나라 앞에서의 죽은 척하기, 일본 앞에서의 죽은 척하기, 미국 앞에서의 죽은 척하기—. 하지만, 그러나 우리 한국인들의 '죽은 척하기'는 더욱더 사납고 무서운 공격성으로 나타나지 못하고, 그 공격성이 거세된 노예적인 복종태도로 나타났던 것이다. 많이 아는 자는 백전백승의 전략과 전술을 구사하지만, 주입식 암기교육을 받고 백치가 된 우리 한국인들은 단 한 번의 공격은커녕 무조건 항복부터 해버렸던 것이다.

후쿠자와 유키치(1835-1901)는 "조선의 멸망은 조선인을 위해 축하할 일", "천황폐하, 조선을 정복할 준비가 되어 있는가"라는 글을 쓴 대표적인 '정한론자征韓論者'이자 '탈아론脫亞論'의 주창자라고 할 수가 있다. 그는 일본의 막부 정치를 종식시키고 일본의 근대화를 창출해낸 영웅이며, 후쿠자와 유키치가 있었기 때문에 오늘날의 일본은 세계 일등국가가 될 수 있었던 것이다.

일본 근대화의 아버지이자 만엔권 화폐의 주인공인 후쿠자와 유키치, 세계적인 문화영웅인 후쿠자와 유키치를 배출해낸 일본이 너무나도 부럽고 존경스럽다. 이승만, 박정희, 김대중, 노무현, 문재인, 윤석열, 이재명 등과도 같은 인물들 수십억 명이 덤벼들어도 후쿠자와 유키치 한 사람을 이길 수가 없다.

조국과 안철수와 진중권 같은 학자 수십억 명이 달려들어도 마르크스와 아인시타인과 칸트 같은 학자들 한 사람을 이길 수가 없는 것처럼—.

권선옥

짐승 같은 놈

그렇다

사람으로 태어난 게 죄다

짐승으로 태어났으면

사람 같은 놈인데

일론 머스크, 빌 케이츠, 스티브 잡스 등은 모두가 다같이 정규 교육이나 대학공부를 거부하고 자수성가한 세계적인 부자들이며, 그들은 모두가 다같이 어느 누구도 따라올 수 없을 만큼의 독서광이었다고 할 수가 있다. 모든 학교 교육은 소위 입신출세를 위한 모범생 교육이지만, 그러나 자기 자신이 전 인류의 스승들의 책을 읽고 사유하는 독서교육은 이 세계와 모든 문제를 자기 스스로 고민하고 사유하며, 자기 자신을 더없이 높이 높이 끌어올리는 교육이라고 할 수가 있다.

모두가 다같이 학교 교육을 포기하고 독서중심의 글쓰기 공부를 한다고 해서 일론 머스크, 빌 케이츠, 스티브 잡스가 될 수 있는 것은 아니다. 도전적이고 야심만만한 꿈이 없고 전 인류의 스승의 자격이 없는 사람이라면 학교 교육, 소위 모범생 교육을 받아야 하지만, 그러나 이 학교 교육마저도 일제식 암식교육이 아닌 독서중심의 글쓰기

교육이지 않으면 안 된다.

"그렇다/ 한국인으로 태어난 게 죄다." 어떻게, 그렇게 일제 식민지배의 치욕을 역설하면서도 오직, 자나깨나 독서와는 무관한 일제식 암기 교육으로 전 국민을 백치로 만들고 있단 말인가? 이재명, 윤석열, 박근혜, 이명박, 조국 등이 차라리 일본인으로 태어났다면 '인간 같은 놈들'은 되었을 텐데, 왜, 하필 짐승같은 한국인으로 태어나 표절밥, 뇌물밥, 부패밥이나 먹으며, 그토록 더럽고 추한 형무소나 들락거리고 있단 말인가?

오오, 한국인들아! 하루바삐 인간의 탈을 벗어던지고 개와 돼지처럼 살아가기를 바란다.

민주당은 절대권력의 폭군정당이며, 그것은 호남 100%, 진보시민단체 100%의 몰표에 기반을 두고 있기 때문이다.

이 몰표, 이 팬덤의 힘은 모든 반대의견을 배척하는 폭군정치의 기초가 되고, 우리 한국인들의 망국과 멸망의 기초가 된다.

강수정

명왕성
— 134340

2006년, 나는 세상으로부터 버려졌다

작고 희미한 존재

뻥 터진 팝콘 무리에서 갇혀버린 부스러기 한 톨

지옥의 세계가 이렇게 어둡고 외로울까

친구가 필요해

카론, 나와 함께 궤도에 오르자

함께 밤하늘을 꿰뚫어 보자

러시안 블루의 에메랄드 빛 눈동자

그 수평선 너머 침묵하는 작은 나를 찾아 주세요

134340

보홀*의 바닷속에 숨겨둔 안경원숭이를 찾아가세요

심장보다 더 큰 눈으로 태양을 찾아 줄게요

스틱스, 하이드라, 케르베로스

두 손 가득 달빛을 모아 내 검은 얼굴을 닦아내고

반딧불이 되어 당신을 향해 다가갑니다

궤도는 불균형, 혹독한 겨울의 땅

이탈된 낙오자는 우주를 떠돌고

어슬해진 심장은 유성우로 쏟아집니다

당신은 나를 버렸습니다

그러나 매년 여름이면 수만 그루의 꽃을 피울 겁니다

키 작은 해바라기로

밤하늘은 샛노랗게 물들겠지요

* 필리핀 제도 중부의 섬.

오늘날 명왕성(冥王星, Pluto)의 공식명칭은 '134340 플루토'이며, 1930년 미국의 천문학자 클라이드 톰보가 발견한 천체로 태양계의 아홉 번째 행성으로 분류되었으나 2006년 8월 국제천문연맹이 행성에 대한 규정을 바꾸면서 행성의 지위를 잃고 왜소행성으로 분류돼 '소행성 134340'이라는 번호가 공식 명칭이 되었다고 한다.

강수정 시인의 「명왕성-134340」은 행성으로서의 지위를 잃은 명왕성과 인간으로서의 지위를 잃고 사는 이 세상의 '어중이떠중이들'을 상호 교차시키면서 그 존재론적 허무함을 노래하고 있는 시라고 할 수가 있다.

나는 도대체 누구이며, 나는 왜, 이 세상에 출현하게 되었던 것일까? 내가 이 세상에서 그 존재의 의미를 잃고 어렵고 힘들게 살고 있다면, 나의 탄생은 축복이 아닌 저주에 지나지 않았던 것이고, "2006년, 나는 세상으로부터 버려졌다/ 작고 희미한 존재/ 뻥 터진 팝콘 무리에서 갇혀버린 부스러기 한 톨"이라는 시구에서처럼, 저주는 나의 존재의 버려짐을 뜻하고, 따라서 내가 버려진 이 세계는 아비규환의 '지옥의 세계'임을 뜻한다.

하지만, 그러나 살아 있음은 살아 있음으로 인해, 친구가 필요하고, 친구가 필요하다는 것은 "카론, 나와 함께 궤도에 오르자/ 함께 밤하늘을 꿰뚫어 보자"라는 시구에서처럼, 이 지옥에서의 탈출을 꿈꾸게 된다. 카론은 죽은 사람들의 영혼을 배에 태워 스틱스강과 아케론강을 건네다 주고 돈을 받는 뱃사공이지만, 이 세상의 삶에서 궁지에 몰린 자는 이것, 저것 따위를 따져보거나 뒤돌아볼 여유가 없다.

"러시안 블루"의 고양이도 멸종위기의 동물이고, "보홀의 바닷속에 숨겨둔 안경원숭이"도 멸종위기의 동물이다. "러시안 블루의 에메랄드 빛 눈동자/ 그 수평선 너머 침묵하는 작은 나를 찾아 주세요"도 그것을 말해주고, "보홀의 바닷속에 숨겨둔 안경원숭이를 찾아가세요/ 심장보다 더 큰 눈으로 태양을 찾아 줄게요"도 그것을 말해준다.

이 세상은 아름답고 찬란한 태양이 떠오르는 곳도 아니고, 그 모든 존재들은 꿈과 희망보다는 실존의 위기에 내몰려 단말마의 비명을 지르며, 그 어느 존재에게나 자그만

도움이나 구원을 요청하게 된다. 일설에 의하면 카론, 닉스, 히드라(하이드라), 스틱스, 케르베로스는 명왕성의 위성이라고 한다. 카론은 저승의 뱃사공이고, 히드라는 머리가 아홉 개가 달린 괴물이고, 스틱스는 지옥의 강이고, 케르베로스는 지옥의 입구를 지키는 개다.

하지만, 그러나 「명왕성-134340」의 궤도는 불균형적이고, 혹독한 겨울의 땅은 그 어떠한 꿈과 희망의 씨앗도 허용하지 않는다. 수많은 "낙오자는 우주를 떠돌고" "어슬해진 심장은 유성우로 쏟아"진다. 왜냐하면 나를 나로서 존재하게 한 당신, 즉, 전지전능한 창조주인 당신이 '나'를 버렸기 때문이다. 강수정 시인의 「명왕성-134340」을 읽으면서 왜, 하필이면 태양계의 아홉 번째 행성을 명왕성, 즉, 저승의 신인 플루토의 이름을 붙였던 것일까라는 생각이 들었다. 그 이유를 잘 알 수는 없지만, 태양계의 마지막 행성이란 점에서 저승의 신인 플루토의 이름을 붙인 것이 아닐까라고 생각해본다.

아무튼, 당신, 즉, 태양은 나를 버렸지만, 그러나 나는 "매년 여름이면 수만 그루의 꽃을" 피우겠다고 말한다. 살아 있음은 살아 있음으로 인해 삶의 의지를 꽃피워야 하니까, 밤하늘의 유성우처럼 "키 작은 해바라기로/ 밤하늘을 샛노랗게 물들"이겠다고 한다.

명왕성이 왜소행성으로 쪼그라들면서 그 생명력의 힘으로 삶의 의지를 꽃피운다. 작용은 반작용과도 같고, 삶의 의지가 꺾이면 그 꺾인 만큼 시인의 삶의 의지가 밤하늘을 샛노랗게 물들이게 된다.

명왕성은 '왜소행성 134340'이 아닌 명왕성으로 존재하고 싶은 것이다.

한성환

둥지 속 세상

후드득

둥지로 날아든 개개비

주둥이에 가득 물고

새끼들 먹이려는데

어, 어

작은 것들아

모두 어디로 갔니

개개 개개 개개객

삐비이 비비비

쩍 벌린 큰 놈 입에

몽땅 밀어 넣고

그냥 운다

저 너머

숲속에 둥지가 없어

내가 지은 둥지가 없어

네 집에 맡겨 둔 새끼

뻐꾹뻐꾹

뻐뻐꾹 뻐꾹

뻐꾸기가 운다

남의집살이 내 새끼

눈치 보지 않고

잘 살고 있는지

아무 생각 없이

그냥 운다.

개개비는 참새목 휘파람새과이며, 중국과 한국과 일본 등지에서 번식하고, 비번식기에는 동남아로 떠나는 대표적인 여름철새라고 한다. 크기는 약 17cm에서 18cm 정도이고, 4월 중순부터 날아와 번식하고 10월 중순까지 관찰된다고 한다.

뻐꾸기는 두견목 두견과에 속하며 그 크기는 약 30cm에서 33cm 정도이고, 해마다 한국에 찾아오는 아주 흔한 여름철새이다. 뻐꾸기의 산란기는 5월 하순에서 8월 상순까지이며, 다른 새(개개비, 멧새, 노랑때까치, 붉은뺨멧새 등)의 둥지마다 1개씩의 알을 낳는다. 한 마리의 암컷이 12개에서 15개까지 알을 12개에서 15개의 둥지에 낳으면 10일에서 12일 사이에 부화되어 다른 알들을 밀어내고 20일에서 23일간 다른 새의 먹이를 받아먹고 자란 후 그 둥지를 떠난다.

한성환 시인의 「둥지 속의 세상」은 요지경 속의 세상이며, 서로 다른 두 개의 이야기가 그 어미새의 한으로 변주되고 있다고 할 수가 있다. "후드득/ 둥지로 날아든 개개비/ 주둥이에 가득 물고/ 새끼들 먹이려는데/ 어, 어/ 작은 것들아/ 모두 어디로 갔니"라는 시구는 자기 자신의 새끼들이 몽땅 사라진 것에 대한 놀라움을 뜻하고, "개개 개개 개개객/ 삐비이 비비비/ 쩍 벌린 큰 놈 입에/ 몽땅 밀어 넣고/ 그냥 운다"라는 시구는 그냥 얼떨결에 자기 자신의 새끼에게 먹일 먹이를 뻐꾸기 새끼에게 먹여야만 하는 개개비의 슬픔을 뜻한다.

이에 반하여, "저 너머/ 숲속에 둥지가 없어/ 내가 지은 둥지가 없어/ 네 집에 맡겨 둔 새끼/ 뻐꾹뻐꾹/ 뻐뻐꾹 뻐꾹/ 뻐꾸기가 운다"라는 시구는 자기 자신의 집이 아닌 남의 집에 새끼를 맡긴 뻐꾸기의 슬픔을 뜻하고, "남의집살이 내 새끼/ 눈치 보지 않고/ 잘 살고 있는지/ 아무 생각 없이/ 그냥 운다"라는 시구는 자기 자신이 손수 키우지 못하고 개개비에게 양육을 맡긴 뻐꾸기의 슬픔을 뜻한다.

개개비는 키와 몸집이 작고, 뻐꾸기는 키와 몸집이 크다. 개개비는 집을 잘 짓고 새끼들을 잘 기르고, 뻐꾸기는 집을 짓지 못하고 새끼들을 잘 기르지 못한다. 개개비는 외부의 침입자에게 살육과 약탈을 당하는 피해자이고, 뻐꾸기는 남의 집에 침입하여 알을 낳고 그 자식들을 죽이며, 그 피해자의 노동력과 그 모든 것을 다 착취하는 가해자이다. 개개비는 원주민이며 모든 것을 다 빼앗긴 노예와도 같고, 뻐꾸기는 제국주의자이며, 개개비의 영혼과 육체를 다 유린한 서양의 기독교인들과도 같다.

개개비와 뻐꾸기는 천적과 천적, 혹은 노예와 주인의 관계와도 같지만, 한성환 시인의 「둥지 속의 세상」을 따라가 보면 상호 공생공존하며 서로가 서로의 먹이사슬의 구조 속에서 그 역할들을 충실히 수행하는 고행자들과도 같다. 먹는 자가 있으면 먹히는 자가 있고, 빼앗긴 자가 있으면 빼앗는 자가 있다. 어떤 때는 절대 강자가 절대 약자가 되고, 어떤 때는 절대 약자가 절대 강자가 된다. 예컨대 사자와 호랑이와 고래와 코끼리마저도 늙고 병들면 한 마리의 파리와 모기와 구더기들을 이기지 못하고, 그저 속수무책으로 한없이 뜯어 먹히는 생명체가 될 수밖에 없는 것이다. 개개비와 뻐꾸기의 임무는 이 세상에서 가장 중요한 과업인 종족의 번식의 임무를 수행하는 것이고, 그 두 번째는 서로가 서로에 대한 원한 맺힌 저주 감정 없이 먹이사슬의 구조에 순응하며 서로 간에 공생공존하는 것이다.

한성환 시인의 「둥지 속의 세상」은 요지경 속의 세상이며, 그 모든 것이 신비이지만, 그러나 이 세상의 삶은 더없이 슬프고 고통스럽다는 것을 가장 압도적으로 인식시켜 준다. 개개비는 자기 새끼들을 다 죽여버린 뻐꾸기의 새끼들을 어쩔 수 없이 양육해야 한다는 것이고, 뻐꾸기는 어쩔 수 없이 떠돌이—나그네들(유목민들)처럼 자기 자신의 새끼들을 남의집살이를 시켜야 한다는 것이다. 개개비가 더 슬프고 고통스러운 것일까? 뻐꾸기가 더 슬프고 고통스러운 것일까? 이 질문 앞에서 한성환 시인은 판단중지가 아닌, 이 질문들을 다 무력화시키며, 개개비와 뻐꾸기의 슬프고 고통스러운 삶을 부각시킨다.

산다는 것은 남의 새끼를 키운다는 것이고, 산다는 것은 남의 새끼를 죽인다는 것이다. 산다는 것은 슬프고 고통스러운 것이고, 산다는 것은 다만 속절없이 울고, 또 운다는 것이다.

모든 시는 울음이고, 이 울음이 우리 인간들의 노래라고 할 수가 있는 것이다.

반경환

1954년 충북 청주에서 태어났으며, 1988년 『한국문학』 신인상과 1989년 《중앙일보》 신춘문예로 등단했다. 반경환의 저서로는 『시와 시인』, 『행복의 깊이』 1, 2, 3, 4권, 『비판, 비판, 그리고 또 비판』 1, 2권, 『반경환 명시감상』 1, 2, 3, 4권, 『이 세상에서 가장 아름다운 명문장들』 1, 2권, 『반경환 명구산책』 1, 2, 3권이 있고, 『반경환 명언집』 1, 2권, 『쇼펜하우어』, 『니체』, 『사상의 꽃들』 1, 2, 3, 4, 5, 6, 7, 8, 9, 10, 11, 12, 13, 14, 15, 16권 등이 있다.

이 『사상의 꽃들』은 '반경환 명시감상'으로 기획된 것이지만, 보다 새롭고 좀 더 쉽게 수많은 독자들에게 다가가기 위한 포켓북이라고 할 수가 있다. 사상은 시의 씨앗이고, 시는 사상의 꽃이다. 그는 시를 철학의 관점에서 이해하고, 철학을 예술(시)의 관점에서 이해한다. 그의 글쓰기의 목표는 시와 철학의 행복한 만남을 통해서, 문학비평을 예술의 차원으로 끌어올리는 것이다. 따라서 반경환의 문학비평은 다만 문학비평이 아니라 철학예술이라고 할 수가 있는 것이다.

시는 행복한 꿈의 한 양식이며, 낙천주의를 양식화시킨 것이다.

이메일   bankhw@hanmail.net

사상의 꽃들 17
반경환 명시감상 21

초판 1쇄   2025년 6월 6일
지은이   반경환
펴낸이   반송림
펴낸곳   도서출판 지혜
주 소   34624 대전광역시 동구 태전로 57, 2층도서출판 지혜
전 화   042-625-1140
팩 스   042-627-1140
전자우편   eji@ji-hye.com
                ejisarang@hanmail.net
애지카페   cafe.daum.net/ejiliterature

ISBN   979-11-5728-572-3   02810
값   12,000원